陽キャになった俺の青春至上主義

You-kya ni natta Ore no Seishun Shijo Shugi

持崎湯葉
illust. にゅむ

Contents

You-kya ni
natta Ore no Seishun
Shijo Shugi

陽キャになった俺の
青春至上主義

持崎湯葉

GA文庫

カバー・口絵・本文イラスト
にゅむ

陽キャと陰キャ。世界には大きく分けてこの二種類の人間がいる。

どちらが幸せかなんて論じる気はない。きっと人それぞれで、他人のそれを決めつけることほど浅ましい行為はないのだから。

ただひとつ、確かなことがある。

限られた青春を謳歌するために、選ぶべき道はたったひとつしかない。

つまり——モテたければ、陽であれ。

第一章 ピンク髪はむしろ陰

You-kya ni natta Ore no Seishun Shijo Shugi

汚れひとつない、少し大きめのブレザーに袖《そで》を通した時だ。ポコンっとスマホが鳴った。

『おい橋太《きょうた》、カエラ！　学校に着いたら数学の宿題を写させろ！』

朝の挨拶《あいさつ》すらない。三人だけのグループチャットに送られた不躾《ぶしつけ》な要望。

俺《おれ》の対応は一言。それにカエラも呼応する。

『キャラメルマキアート』

『抹茶フラペ』

『高えよ！　コーヒー牛乳で勘弁してくれ！』

適当にあしらうと、カエラが話題を変える。

『てか徒然《つれづれ》。あんたのアイコン、ちょーぜつイヤなんだけど』

俺もずっと気になっていた事柄へ、ついにツッコミを入れてくれた。徒然と名乗るアカウント、そのアイコンはかなり寄りの顔面写真である。

『え、そう？　橋太もそう思う？』

『まぁ気分の良いものではない』

『分かった。ちょっと待ってろ』

するとすう秒後、アイコンが変化した。うすぼんやりとなにか円形の物体が写っている。

『なんこれ？　暗くてよく分からんち』

『マイ乳首』

『出家』

『マジ出家して』

『怒るなよ。電車の中だけど頑張って撮ったんだぞ』

『一回捕まれオマエは』

アホなやりとりをしていたら、もう七時半過ぎ。俺は慌てて部屋を飛び出した。

桜の名残惜しさが漂う並木道。歩道には同じブレザーを身にまとう男女。それを横目に俺は車道の脇《わき》を自転車で走る。

ふと見かけた信号待ちをする女子ふたり。その後ろ姿には、見覚えがあった。

「おはよー、おふたりさん」

「わっ、上田《うえだ》くんだ。よく私たちだって分かったね」

「そりゃ二週間もクラスメイトやってたら分かるよ」

「自転車通学いいね。気持ちよさそう」

「今の季節は最高だね。でも夏と冬は想像したくねぇ。毎朝三十分かかるんだよ？」

　ふと、ひとりが思い出したように言う。

「そういえば、上田くんがこの前B組のグループチャットでオススメしてたプチハニー饅頭、売り切れてたよ。食べたかったのにー」

「あぁ、これ？」

　ポケットから小包装された饅頭を取り出すと、ふたりは声を出して笑う。

「なんで常備してるのー？」

「もしかして上田くんが買い占めてるんじゃないのー？」

「んなわけあるかい。朝メシ食べ損ねたから、これ食べながらきたんだよ」

　ここで信号が青になる。俺はふたりへ饅頭をふたつ、投げるように渡した。

「せっかくだから恵んであげよう。それじゃお先ー」

　そう言い残し、ペダルを踏む。「ありがとー」「また教室でねー」との声が背中に飛んできたので、振り返らず手を上げると、微《かす》かにふたりの笑い声が聞こえた。

　今のはちょっと気取りすぎたか。


　校舎横の駐輪場に自転車を停め、昇降口へ向かう。

　下駄《げた》箱にローファーをしまっていると、再びクラスメイトと遭遇した。

「おはよー」

「お、おはよう、上田くん……」

クラスメイトの彼はぎこちない笑顔を浮かべつつ、メガネをクイッと上げる。

「数学の宿題の最後の問題ってさ、答えは3だけだよね？　積集合の奴」

「う、うん、たぶんそう」

「良かったー。集合と論理マジややこしいわ。関数の方が好きだなー俺」

「僕も……」

ふたりそろって教室へ向かう。なかなか目線が合わないが、気にせず話しかけた。

「同クラになって嬉《うれ》しいわー。この前も教えてくれてありがとね」

「う、うん。僕も嬉しい」

「マジで？」

「上田くんは陽キャだけど、話しやすいし……」

「あはは、サンキュー」

教室に入るとすぐに、俺らは妙な注目を浴びた。陽キャと陰キャの組み合わせ。その違和感からだろう、クラスの数人から物珍しそうな視線が送られている。

微かな好奇心を孕《はら》んだ瞳、そして痺《しび》れるような空気感。何もかもみな懐かしい。

中学時代にも俺は、この雰囲気を何度か経験している。

今とは真逆の立場。すなわち――陰キャとして。


あの日々はあの日々で幸せだったと思う。

俺の世界はラノベやアニメやゲームだけで完結していた。

学校ではほぼ誰《だれ》とも会話しなかった。クラスの陽キャは俺のことをバカにしていたが、気にしないフリ。同じ趣味を持つ同級生もいたが、「レベルの低い奴らとは絡《から》みたくない」と自分を棚に上げた最低な思考まで持ち合わせていたせいで、友達はひとりもいなかった。

俺は陰キャの中でも最も面倒くさい、無駄にプライドが高いガキだったのだ。

それでも密かに求めていたのは、恋だ。友達はいらないくせに彼女は欲しいなど浅ましい、と思われるだろうが、そりゃだって欲しいじゃん。

気になっている女子もいた。中学三年時の同級生。とある事情から実名を思い出すと発狂しかねないので、ネト子（仮名）とする。

ネト子も典型的な陰キャだった。

休み時間は読書。声が小さく背も低い。メガネのレンズは分厚いが顔立ちは整っている。あとは夜な夜な魔物と戦っている設定を振り込めば、陰キャ男子大好き役満の完成である。

俺はネト子に好意を持っていた。話したことはほとんど無かったが、目が合うたびに感じとっていたのだ。

同じ匂《にお》いがする。俺だけが彼女の良さを知っている、と——。

そんな彼女がクラスの陽キャとデートしている現場を見た時は、それはもう衝撃だった。胃酸ってこんな味がするんだと勉強になった。

しかもその陽キャは特に気に食わないチャラ男。俺と目が合うたびに底意地の悪い笑みを浮かべるクソ野郎だ。

そんな奴と商業施設のフードコートにて肩を並べるネト子は、完全にメスの顔をしながらひとつのソフトクリームをつつき合っていた。ちなみに俺は近くの席で母に買ってもらった服を傍《かたわ》らに、読みたくもない介護施設の冊子を読んで見て見ぬフリをしていた。惨めすぎん？

何が「同じ匂い」がするだよ。

全然しねぇわ、めちゃくちゃ酸っぱい匂いするわ。胃酸かなこれ、胃酸の匂いかな。

三日ほど寝込んだ末に、俺の中でふたつの変化が起こった。

ひとつはＮＴＲへの目覚め。これはまぁどうでも良い。

もうひとつ、陰キャ脱却への決意だ。だって俺だって陽キャになりたい。陽キャになってフードコートでソフトクリームつつき合いたいもん。

幸い進学する高校に同中の奴はいない。変わるなら、その時しかなかった。

そうして俺は春休みいっぱい使い、性格矯正と容姿改造、陽キャ的知識の学習に勤《いそ》しんだ。

日中はとにかく外に出て、人と目を合わせる特訓。美容院やアパレルショップなどでは店員さんと積極的に会話をした。時には会話を録音して、しゃべり方も微調整していった。

あらゆる雑誌や動画を見てファッションセンスを磨いたが、髪型には一番気を遣った。

少しでも親しみやすさが出る爽《さわ》やかスタイルを選んだ。口にするのも恐ろしいツーブロックという禁忌《きんき》の髪型にも果敢に挑戦。案外スッキリして心地良いよね。

あとは知識だ。著名な俳優や動画配信者の顔と名前を記憶した。正直、英単語を覚える方が数倍マシだった。睡眠時間を削って人気ドラマや配信動画を一気見。少しでも印象に残すためファンタジー漫画原作の悪名高き実写映画さえも鑑賞した。脳が溶けるかと思った。

それは、血の滲《にじ》むような努力だった。

しかしその甲斐《かい》あって、この地球上にまたひとりの陽キャが誕生した。

それがこの俺、綿矢《わたや》高校一年B組が誇る陽キャ、上田橋汰なのである。


席替えにおいて、担任から「好きに決めてください」と投げやりな要求をされたのは、つい先日のこと。時間はかかったが、結果としてクラスのほぼ全員が満足する席順となった。仲間内で好き好きに固まれるのだから当然である。

窓際から二列目、前から二番目が俺の席。ツレは窓側の隣とその前にいる。

「橋汰おはちー！　今朝《けさ》はちょーぜつ最悪だったねぇ」

こう言って笑いかけるのは、隣の席の青前夏絵良《あおまえかえら》。

カエラはズバリ根っからの陽キャだ。そしてギャルだ。

元女子サッカー部には見えない色白の肌に金髪がよく映えて、制服の着こなしや身につけた小物は独自性がありオシャレ。陽の雰囲気がふんだんに出ている。

天真爛漫《てんしんらんまん》で誰とでも仲良くなる、カラッとしたタイプのギャルである。

「おまえら俺の乳首を嫌いすぎだろ！　俺の乳首は愛されるために生まれてきたんだぞ！」

これは小笠原《おがさわら》徒然。

徒然もまた底抜けの陽キャだ。裏表がない性格でバカみたいに明るい。ていうかバカ。身長一九〇センチと存在感も桁違《けたちが》いである。

髪型は好きなサッカー選手へのリスペクトだとかで、サイドを刈り上げたツーブロックのアフロヘアー。本人は気に入っているようだが、どう見てもクソでかいキノコにしか見えない。

俺が陽キャとして順調にスタートを切れた裏には、このふたりとの出会いがある。

出席番号順で男子の最初である俺と女子の最初であるカエラは、様々な機会で横並びになることが多く、そこから話すようになった。

またカエラと徒然は、中学は違うがどちらも元サッカー部で交流があったらしい。その縁もあり、いつしかこの三人でつるむようになったのだ。

「今日も昼休み、やるっしょー？」

カエラが「しゅっしゅ！」とボールを蹴《け》る素振りを見せる。

「ああ、もちろん」

「そのために学校に来てんだからな！」

「じゃあ三時間目の休み時間にごはん食べちゃわん？　わん！」

まるでオセロのように、陽キャオーラを放つふたりに挟まれたことで俺も陽キャとして見られるようになったと言える。もちろん俺の努力の成果もあるのだろうが。

こうして陽キャふたりと軽く話せている状況を、当たり前だと思ってはいけないのだ。

「はーい、ホームルーム始めますよー」

担任の教師が教室に入ってくると、散らばっていた生徒たちが自分の席へ戻っていく。

俺も席に着こうとした、その時だ。

「あっ」

カエラとは逆、右隣の席からメガネ拭きが俺の足元に落下してきた。

俺はとっさに拾い、「ほい」と手渡してやる。すると次の瞬間。

「あ、え、えへえへ……ありがとうございます……」

「うおっ……う、うん」

グッと顔の距離を詰められ、ついビクッとしてしまった。

話し方も距離感も怪しいこの右隣の女子は、七草《ななくさ》遊々《ゆゆ》というらしい。

黒縁メガネにボブカット、と言うよりオカッパの黒髪。

ニヘニヘと笑っているが、目線はあっちに行ったりこっちに行ったり。

「……えへ」

席についた今でも、俺の顔色を窺うようにチラ見している。

言っちゃ悪いが、見るからに陰キャ女子だ。隣の席になって数日で何度か会話しているが、毎回この調子なのだから。

別に、特別仲良くなろうとは考えていない。

それでも、どうしても彼女に目が行ってしまうのは。

(君も、模索してるんだよな)

俺も、同類だったからだ。

(どうか幸せな学校生活を送ってくれ。俺もできる限り協力するから)

これは皮肉でなく、本心からの思いだった。


「ええ……？」

しかして俺は、今そこにある光景を前にして、深い混乱に苛《さいな》まれていた。

休み時間。廊下の、少し前を歩く七草遊々。

彼女の黒髪にはなぜか――鮭とばが引っかかっていた。

マジでなんでだ。

＊＊＊

突然だが、俺には三人の神様がいる。

陽キャに転じようとしていたあの頃の俺に、かけがえのないものをくれた人々だ。

一人目はコンタクトレンズ店の店員さん。初めてコンタクトに挑戦したあの日、俺は目に異物を入れる恐怖から鏡の前で何十分も格闘していた。

「すみません……やっぱり無理かもしれません……」

ついには泣き言を漏《も》らした俺。

すると、ずっと隣で指南してくれていた店員のお姉さんがペンっと背中を叩《たた》いて一言。

「変わりたいんでしょ。ここで諦《あきら》めていいの？」

力強いその言葉は俺に、再度コンタクトに立ち向かう勇気を与えてくれた。

二人目はゲーム買取店のおじさん。

陰キャからの卒業のために俺は、ラノベや漫画やグッズなどをすべて部屋から取り除いた。

と言ってもそのほとんどは妹に譲る、物置に収納するなどに留めた。

しかしギャルゲーだけはどうにもならなかった。幅を取るため保管は難しい。妹に渡すなどもっての他だ。

何より服や小物や美容室代など、陽キャになるには金がかかる。その資金が必要だった。

そのため俺に愛を教えてくれたギャルゲーの数々は、売るしかなくなった。

ディスカウントショップにて、ギャルゲーの山をレジに差し出す俺は、悲痛の表情をしていたのだろう。そしてその表情の意味を、店員のおじさんは理解したのだろう。

「……キレイな状態だ。中古だとは思えねぇな」

「え……？」

「こいつらはきっと、さぞかし優しい主人の元で、愛されていたんだろうなぁ」

涙を堪《こら》える俺へ、おじさんは最後に一言、告げた。

「こいつらはいつでも、おまえを待っているぞ」

俺は泣いた。人目も憚《はばか》らず、声を上げて泣いた。

そして三人目。中三の時のクラスメイト、中林《なかばやし》である。

陽キャにも二種類の人間がいる。陰キャを見下すクソ野郎と、誰に対しても分け隔てなく接する聖人。中林は後者で、クソ面倒くさ系陰キャの俺にさえよく声をかけてくれた。

「なんで俺に構うんだよ」

ある日、こう冷たくあしらう俺に対し、中林はいつもと変わらぬ笑顔で告げた。

「だって上田と話すの、面白《おもしろ》いから」

このやりとりが、やけに心に残っている。

そのせいか陽キャになると決めた日、ロールモデルとして最初に浮かんだのは中林だった。服装や立ち姿やしゃべり方は、おおよそ彼を参考にしたと言っていい。中林という理想の陽キャ像があったから、今の俺があるのだ。

中林は別の高校に進学して、今どうしているかは分からない。

けれども俺は今でも、中学時代の彼の姿を追いかけ続けている。

さて。前置きが長くなったが、つまり俺が志しているのは陰キャにマウントを取るクソ陽キャなどではなく、誰にでも分け隔てなく接する真にイケてる陽キャ。シン・陽キャだ。

その真価がまさに今、問われようとしていた。

「えぇ……？」

クラスの陰キャ女子、七草遊々。彼女の髪に、鮭とばが引っかかっている。

いやなんでだよ！　鮭とばの妖精《ようせい》かおまえは！　前世でどれだけの鮭とばを救えばそんなに愛されるんだよ！　とツッコミを心で繰り広げる最中も、七草は気づかず歩《ほ》を進めている。

廊下で彼女とすれ違う人々は、まるでヘアアクセのような存在感を放つ鮭とばを不思議そうに見つめている。中には笑っている人も。

そのまま教室に戻ればイジられること間違いなし。とば子なんてあだ名が付けられるかも。何があったか知らないが、それは流石にかわいそうだ。

「おい、七草」

「えっ……」

ここはシン・陽キャを目指す者としての腕の見せどころ。

俺は七草の元へ駆け寄って、一言。

「鮭とば、付いてるぜ」

「──っ！」

黒髪に手を伸ばし、摘みとった鮭とばを咥《くわ》えてみせた。

なぜ食べたのかというと、特に意味はない。しいて言えばお腹《なか》が空いていたからだ。

（しょっぺぇ……そして固ってぇ……）

なぜこんな大人の珍味を髪にくっつけているのか。そもそもどこから出現したのか。謎《なぞ》が謎を呼ぶ不気味な鮭とばを口にしてしまい、今になって若干の後悔が滲む。

「あ、あ、あの……」

七草はよほど恥ずかしかったのか、顔が真《ま》っ赤《か》だ。

それでもグッと距離を縮めて、何やら伝えようとしてくる。

「あ、あ、ありがとう……」

「うん。ていうかなんでこんなん付けてるの」

「な、なんで、かな。えへ、えへ……」

「まぁいいけど……はい動くな」

「え……ひんっっ！」

乱れた七草の髪を手櫛で整えてやると、変な悲鳴を上げられた。

「あ、ごめん」

しまった、流石にやりすぎた。そんなにたやすく女の子の髪に触ってはいけなかった。

まだ陽キャになりたてで、どこまでが陽キャ的行動なのか自信がないのだ。

とは言いつつも、七草はそこまで引いてはいないようだ。

「あ、あ、ありが……えへ、えへ……」

「うん。じゃあな」

七草は最後までヘロヘロの口調、そして変な笑い方だった。

ひとまずはシン・陽キャ候補生としての役割を果たせたのではないだろうか。

教室に戻ると、徒然が目ざとく指摘する。

「あっ、なに食ってんだ橋汰！」

「これ？　鮭とば」

よだれを垂らして羨《うらや》む徒然とは対照的に、カエラは訝《いぶか》しげに目を細める。

「そんなもん、どこにあったん？」

「んー、拾った」

「拾ったもの食べちゃうなよ……」

ドン引きするカエラとは対照的に、徒然はしばらく物欲しそうに見つめていた。

そしてもうひとり――隣の席から熱い視線が注《そそ》がれていたことを、俺はまだ知らない。

「……うえだ、きょうた、くん」

そう遠くない未来、明らかになる。

世にも珍しい、鮭とばから始まる恋は、密かに芽吹いていた。


十五年間モテたことがない俺でも辟易《へきえき》してしまうのだから、きっと彼女のアプローチ方法は間違っているのだろう。

七草遊々のことである。

そう遠くない未来は、本当にそう遠くなかった。

「う、う、上田くん……」

「うおっ！」

男子トイレから出た直後、ぬるるるっと近づいてくる人影に思わず後ずさり。

「ど、どうした七草……」

「き、昨日は……あ、ありがとう」

七草の髪に巻き起こった鮭とば事変。

発生したのは確かに昨日のことだが、もうとっくに記憶の片隅に押し込まれていた。

「こ、こ、これ……お礼……」

「え、マジで？」

震える手で渡されたのは、ピンクの可愛《かわい》い包み紙だ。ほんのり甘い香りがする。

中身はクッキーだった。

すべて、ハート型の。

「……ほう」

いやいや、ハートに動揺するのは流石に陰キャマインドすぎるって。女子のハートマークなんて所詮、何の意味もないのだ。危ない危ない。ベタな勘違いをするところだった。

「うん、おいしい。ありがとね」

「え、えへっ、えへっ……」

素直な感想を口にすると、七草は嬉しそうにえへえへ言っていた。

よし、今日も素晴らしい陽キャライフを送れているな。


「あれ？」

休み時間、隣のカエラと談笑していた時だ。カエラは七草を見て、首を傾げる。

「七草ちゃ、そのスマホ……」

「え、えへ……？」

俺もすぐに気がついた。七草が持つスマホのカバーには、見覚えがある。

「それ、橋汰のと同じスマホカバーだね」

素材も形状も柄もまったく同じのスマホカバー。

色だけは、俺がブルーなのに対してピンクと異なっている。

「隣の席同士で色違いなんて、すごい偶然だね」

「えへ、そうだね……」

笑い合う女子同士。その間にいる俺も、ひとまず笑ってみせる。

しかし、心の中では小さくない疑問が浮かんでいた。

(七草……昨日まで別のスマホカバーだったような……)


放課後。駐輪場へ行くと、なぜか七草がいた。

何やらキョドキョドとうろついていたが、俺を見つけた途端に顔を明るくさせる。

「七草、自転車通学だっけ?」

「え、い、いや……ちょっと、友達と待ち合わせしてて……えへ」

おまえ友達いたっけ、なんて酷いことは言わない。実際クラスにひとり、友達っぽい子がいるみたいだし。ただ確かその子も、自転車通学ではなかったような。

俺が自転車の鍵《かぎ》を解錠している中、七草は離れた位置からチラチラとこちらを窺っている。

正直、彼女から若干危険な香りを感じ始めてはいる。ただこのまま無言でサヨナラは愛想が悪すぎる。俺は陽キャなのだ。そう自分に言い聞かせ、話を振ってみる。

「七草って、何か趣味あるの？」

七草はビクッと反応すると、ほんの少しだけ近づいて答える。その距離は五メートルほど。まだ遠いだろ、それじゃ。

「え、え、えっと……ま、漫画とか」

「へー。少年漫画？　それとも少女漫画？」

「しょ、少女漫画が、好き……えへ」

好きそうだなー、とは言わない。しかし妙に納得できてしまう。

「少女漫画か……あのドラマは少女漫画が原作だったっけ。ヒロインがパン屋さんの……」

「パン恋！　わ、私読んでるよ！　ドラマもキャラが合ってて良かったよね！」

よほど好きらしい。七草は興奮して早口でまくし立てる。好きなものを語る時、陰キャは誰しもそうなってしまう。俺もそうだったのだろう。傍から見るとよく分かるものだ。

さらに、相変わらず距離感もおかしい。突如として五メートルの距離をググーッと一気に縮めてきて、胸が当たるか当たらないかの近さで熱弁していた。

これまで気にしないように徹してきたが、この至近距離では意識せざるを得ない。

七草はけっこう、胸が大きい。

「本当に好きなんだな……」

「え、えへ……上田くんも、投稿してたよね。SNSでパン恋のこと……」

「あー……うん、したかも」

俺の記憶が正しければ、二週間前の投稿だった気がするけれど。

そっかぁ、七草はSNSもチェックしてるんだぁ。二週間も遡《さかのぼ》って見てるんだぁ。

「それじゃ、また明日な」

「う、うん。えへ、ま、また明日」

自転車を転がす俺。振り返らなくても分かる、猛烈な視線が向けられている。

「……うむ」

疑惑が、確信に変わろうとしていた。


「ほい、徒然」

「あーい。よっ、カエラ」

「よーしっ、くらえ橋汰！」

「うおっ、あぶね！　本気ボレーすなカエラ！」

「あははー、よく止められたねー橋汰」

翌日の昼休み。俺とカエラと徒然は校庭にて、サッカーに興じていた。三人しかいないのでただボールを回すだけだが、それでも十分に楽しい。

「橋汰さー、前より上手《うま》くなってるよねー。最初の頃はキョドリ丸だったのに」

「確かに。どこかで練習してんのか？」

「いや、ここでおまえらと蹴ってるだけだよ」

ウソである。元サッカー部のカエラと徒然と仲良くなった日から俺は、ヒマさえあれば家の塀で壁当てをし、練習している。

陽キャ三人で仲良くスポーツというこの状況。「わーい、時かけ（細田版）みたーい」と心の中ではしゃいではいるが、その裏にもまた弛《たゆ》まぬ努力があるのだ。

「あれ、あそこにいるの七草ちゃ？」

「えっ」

カエラが指差す方向には、確かに見覚えのある黒髪メガネ。七草はこちらを見ていたようだが、俺らが目を向けた途端に慌てて木の陰に隠れた。

「ありゃ、隠れちった。てか、なんであんなとこいるん？」

「……偶然通りかかっただけじゃね？」

「そっか。もしくは橋汰と徒然、どっちかのこと好きなんじゃないのー？」

ズクンッと心臓が妙な音を立てた。

「いやいやそんな……」

「七草って誰だ？」

「クラスメイトくらい覚えろやアホキノコスープ」

程なくして、七草の話題は立ち消える。

だが俺の頭の中では、考えが巡りに巡り、ついには確信めいた予想に行き着いた。

どうやら俺は七草にとっての、白馬の王子様になってしまったらしい。

＊＊＊

誤解されたくないので正直言うと、俺は七草に惚《ほ》れられたことがイヤな訳ではない。当たり前だ。こちとら十五年間、誰からも愛されてこなかったのだから。

まして七草は陰キャだから好かれても困る、なんて下劣な考えは断じてない。こんなこと、口にするだけで不快だ。

ではなぜ、七草に迫られた俺は尻込みをしてしまうのか。

俺は、カエラのことが好きだからだ。たぶん。

これは数週間前、入学式でのこと。新入生は男女二列になり体育館の外で待機していた。

「ねーねー」

「え？」

初登校とあってその時の俺は、ちゃんと陽キャに見えているだろうかと不安が最高潮に達していた。だからこそ「ねーねー」から会話を始めてくるギャルには度肝を抜かれたものだ。

「ネクタイ、ちゃんとした方がカッケーよ？」

彼女は俺の首を指差し、ニッと笑う。

「あ、そう？」

「そだよ。ちゃんとしい」

ネクタイを首元まで締めてみせると、彼女は「うん、ちょーぜつイイ！」とサムズアップ。

「アタシ、青前夏絵良。よろしう」

「俺は上田橋汰。よろしく。カエラって名前、ハーフ？」

「ううん、キラキラネーム。でもお気に入りちゃんだから、橋汰もカエラって呼んでね」

これが、カエラとの初めての会話だ。

だらしない方がカッコいい、なんてダサい先入観から、あえて緩ませていたネクタイ。その勘違いをカエラは、初対面にもかかわらずやんわりと否定してくれた。

カエラという女子はいわば、ちゃんと言ってくれるギャルなのだ。

そんなタイプの人間と、俺は出会ったことがなかった。あるいはそんなタイプの人間が俺の人生には必要だったのかもしれない。

つまるところ出会いの時点でカエラは、俺にとってただの同級生ではなかった。

体育の授業。本日の科目はバスケ。

試合中、何度目かの笛が鳴る。心なしか、その音色からは怒りの感情が伝わった。

「小笠原さん、あなたは何回トラベリングをするんですか……」

「うえええっ、また俺すかっ？」

体育教師の指摘に徒然は仰天。そこへチームメイトからも不平不満の声が飛ぶ。

「徒然おまえわざとやってんだろ！」

「さっきからおまえだけ何か違うスポーツやってんな！」

「おまえとバスケやるの息苦しいよ！」

これには徒然も怒り爆発《ばくはつ》である。

「うっせえ！　なんだこのスポーツ、球つかなきゃ歩けもしねえのか！　ルール変えろ！」

サッカーでは天才ＤＦとして名を馳《は》せたらしい徒然だが、他の球技ではてんでダメらしい。

しかしあの実質キノコな髪型といい、アホな言動といい、徒然を見ていると俺の陽キャになるための努力がバカらしく思える。奴はまさに生まれながらの陽キャだ。

「こらー徒然うるさいよー！」

「カエラっ、おまえも一緒にこの変なスポーツを撲滅させよう！」

「やだち。アタシもアホキノコスープだと思われるじゃん」

女子たちも仕切りネットの向こうで同じくバスケをしていた。

カエラの背後から、別の女子たちが徒然を糾弾する。

「カエラちゃんはバスケもうまいっての！」

「アンタみたいなサッカーゴリラとは違うっつーの！」

「誰がサッカーゴリラだ！」

と、盛り上がっているところ申し訳ないが、俺の意識はまた別の方向を向いていた。

「（じー……）」

七草が、ずっと、見てくる。

ネットを挟んだ向こう側、壁を背に体育座りをする七草の目が追いかけているのは、試合でなくひたすらに俺。バスケをする俺。

七草はきっと、性格的には奥手なのだろう。そしてきっと彼女の中では、密かに恋心を寄せている、くらいの感覚なのだろう。しかし残念ながら、バレバレである。

（……そんなに、なのか……）

ただ正直、今の俺は揺れていた。

俺はカエラに恋しているはずだ。

好きになったきっかけはおそらく、入学式の時のあの会話だ。好きな理由はたぶん、思ったことを包み隠さず言ってくれるから。あと可愛いから。

ただそうは言ってもまだ出会って二〜三週間。カエラのことを俺はまだまだ知らない。

なのに恋してると、決めつけても良いのだろうか？

ありきたりだが、恋に恋している可能性もある。中学までの俺にとって、恋とはあまりにもかけ離れた存在だったから。心が無理やり恋へと結び付けようとしているだけかもしれない。

そして何より問題なのが、カエラとは友達としてつるんでいるだけで十分のような、そんな気さえしていること。変にアプローチして今の関係を崩すよりも、友達としている方が楽しいのかもしれない。カエラは可愛く性格も良いから、競争率も高いだろうし。

対して七草はどうだ。典型的な陰キャで髪型から何から野暮《やぼ》ったいが、よく見ればまあまあ可愛い気がする。そして乳がでかい。何より七草は、俺を好きでいてくれている。

悩ましい。本当に悩ましい。

贅沢な悩みだと昔の俺は言うのだろうが、いざ悩んでみるとこんなにも悩ましいのだ。

「なあ上田」

試合中、俺をマークしているクラスメイトの榎本《えのもと》が、ふとしゃべりかける。

「青前って良いよな。ギャルだけどみんなに気を配っててさ」

「え……ああ、そうかもな」

「彼氏いるのかな」

「……たぶん、いないと思うけど」

唐突な、それもド直球な質問。俺はつい素直に答えてしまう。

榎本は「そっか！」と嬉しそうに笑った。

「じゃあ上田さ、今度こっそり俺のこと薦めてくれよ！　俺、本気だからさ！」

「…………」

やはり、カエラはモテるのだ。こんなにも分かりやすくモテるのだ。競争率は高い、そんな俺の予想はまったく間違いじゃなかったのだ。

しかし同時に、みぞおちあたりで溜《た》まっていたものがストーンっと落下していった。

自然と湧き上がったのは感謝の気持ちだ。

ありがとう榎本。おまえのおかげで気づいた。

俺は確かに今、おまえにイラッとした。ということはつまり――。

「知るか！　自分でやれ！」

「ええ⁉」

叫ぶと同時に、俺は榎本のマークを外してゴールへ近づく。

「徒然っ、こっちだ！」

「うおお、橋汰！」

もはやリバウンドしかさせてもらえないかわいそうな徒然から、俺はパスを受け取る。

俺の放ったボールは綺麗《きれい》な弧を描き、するりとリングをくぐった。

「おおおスリーだ！」

「すげえぞ上田！　両手打ちだからすげえダサいけど！」

祝福するチームメイト。徒然は「橋汰！　俺にバスケを教えてくれぇ！」と懇願。

実は体力づくりのために、春休みの間はずっと家や公園でバスケの練習をしていたのだ。意外と役に立つものである。

チラリと女子のコートを見る。七草の俺を見る目は、完全にハートになっていた。

その様子を見て、グッと胸を締め付けられる。

ごめん、七草。きっと俺は、おまえの期待には添えない。

「橋汰ー！　ナイッシューじゃん！」

満面の笑みで俺に手を振る彼女――カエラのことが、俺は好きなんだ。

絶対に。

＊＊＊

教室を出て、ひとり昇降口へ向かう。

廊下には西日が差し、うっすらとオレンジ色の絨毯《じゅうたん》が敷かれているようだ。

「…………」

七草が無言で、少し後ろからついてきている。

たまたま帰るタイミングが同じなだけかもしれない。ただ、これまでの七草の行動から結びつけると、いかんともしがたい。

「七草」

「ひゃっ、あ、えへ……」

振り向いて声をかけると、七草はぴょんと飛び上がった。

「いま帰るところ？」

「う、うん……」

「じゃ校門まで一緒に行こうか」

「へ、へぇっ……う、うんっ！」

珍しく声を弾ませる七草。その真っ赤に染まる笑顔を前に、胸がチクリと痛んだ。

自転車を取りに駐輪場へ。七草は俺の後ろにぴったりついて歩いている。時折その頭が俺の背中にぶつかり「あっ、ご、ごめん……」と呟いていた。

七草は人との距離の取り方が下手だ。物理的にも精神的にも。ものすごい遠慮しているかと思ったら、突然グッと距離を詰めてくる。電車の中などにおいて、ガラ空きなのに隣に座ってくるタイプだ。

そしてそれはやはり、普通の感覚では異常に映る。だから人とあまり馴染《なじ》めず、クラスで浮いているのだろう。

駐輪場から自転車を転がし、校門に向かってふたり並んで歩く。

「……え、えへ」

会話はないが、七草はチラチラと俺の顔を見ては、えへえへ笑っていた。

「あ、あ、あの……」

珍しく七草の方から話しかけてきた。

「こ、これ……パン恋……えへ」

カバンから出してきたのは、先日も話題に出た少女漫画『パン恋』の単行本。

「貸してくれるのか?」

「う、うん。上田くん、ドラマ面白いって言ってたから……えへ、えへ」

頼んではいないが、わざわざ持ってきてくれたらしい。

そうだよな。好きな人とは、好きなものを共有したいよな。

「ありがとな。読んでみるよ」

「えへっ、えへへ……」

七草はよく笑う。本当に嬉しそうに。その笑顔も笑い声も、最近では可愛いとさえ思う。

距離感はおかしいが、話してみると素直な良い子だと分かる。口調はたどたどしいが、七草との会話はちゃんと楽しい。陰キャ時代の俺なんかより、ずっと良い奴だ。

そんな彼女がクラスで浮いているのなら俺は、「思ったよりも良い奴だぞ」とクラスの奴らに伝える義務がある。クラスメイトとして、目指すべき陽キャとして。

俺が七草のためにできることは、それくらいしかないから。

「七草は、パン恋に出てくるキャラの中で誰が一番好きなんだ？」

「あ、え、えっと……王子川《おうじかわ》くん、かな」

王子川は、パン恋のメインヒーローだ。

引っ込み思案のヒロインのことを気にかけている、誰からも愛される優等生な陽キャ。

「だ、誰にでも優しくて……孤立してる人にも声をかけるところが……カッコいい……えへ」

「そっか。七草はそういうタイプの男が好きなんだな」

「へぇっ？」

七草の顔は一瞬で紅潮、目線は右往左往。そして小さく、こくんと頷《うなず》く。

「う、う、上田くんは……ど、どの子が、好き？」

パン恋には個性的な女性キャラも数多くいる。七草はきっと、内気で人見知りなヒロインのスズに自己投影しているのだろう。

俺は答えを迷わない。神妙な面持ちの七草へ、ハッキリ告げた。

「俺は――李々音《りりね》が好きだなぁ」

「……え」

李々音はスズの友人キャラだ。とびきり派手な陽キャ女子。ファッションセンスも独特で、髪色も赤や緑やピンクなど頻繁に変えているギャルだ。

七草とは、真逆のキャラと言っていい。

「髪とか服とかオシャレだし、誰に対しても自分のリズムを崩さないマイペースな性格も良いよな。まぁ俺が元々、ギャルっぽい子が好きってのもあるんだけどな」

けしてすべてウソではない。性格の好みに関しては本心だ。

いわばパン恋の中でカエラに最も近いのが、李々音なのだ。

「……そ、そぅ……」

七草は見るからにショックを受けている。自分とは正反対のキャラが好みだと、面と向かって言われたのだから当然だ。動揺を隠せず、瞳《ひとみ》はわずかに潤《うる》んでいる。

校門をくぐったところで、俺は自転車にまたがった。

「それじゃ七草、また明日な」

「あっ……」

俺は七草から逃げるように、自転車で走る。ゆらゆら揺れる夕日を背に登り坂へ挑む。脚が千切れそうになりながらもペダルを漕ぐ。

「……くそ」

滑いでも。滑いでも滑いでも滑いでも。

七草のあの顔が頭から消えない。

やんわりと振った。その罪悪感がこんなにも重く、苦いものだとは思わなかった。

モテたいと思った。だから陽キャになった。でも、こんな思いがしたかったわけじゃない。

後悔はしていない。俺が好きなのはカエラなのだから。

でもきっと、俺はいつまでも七草のことを、切なく思い出してしまうのだろう。

こうして俺は、七草の恋を終わらせた——。

＊＊＊

——はずだった。が、まだ終わらない。

七草が、終わらせなかった。

翌朝のことだ。教室に入る前から異変に気づいた。何やらざわついている。

「……ん？」

「……は？」

すぐにその原因が分かった。ド派手なピンク色の頭をした人物が、ちょこんと席に座っているのだ。クラスメイトたちはそれを遠巻きに見ていた。

何が驚きって、その人物は俺の隣の席にいた。

「な、七草……？」

恐る恐るその席に近づき顔を確認。

髪色は黒からピンクへ激変し、メガネもないが、その顔立ちは紛れもなく七草だ。

「お、おはよ、上田くん」

「おはよう……どうした、その髪」

「イ、イメチェンだし……えへ」

得意げに言う七草。口調も何やら変だ。その表情は、どこか恥ずかしそう。

「…………」

考えるまでもなく、昨日の俺の発言がきっかけだろう。

『パン恋』の李々音のような、派手でオシャレなギャルっぽい子が好き。七草はそれを真正面から受け止めて、アウトプットした。俺の好みの女子になろうとしたのだ。

「に、似合うし？」

その無理やりすぎる変貌を目の当《まあ》たりにして。

ギャルっぽくしようとするあまり、おかしくなっている言葉遣いを聞いて。

俺は、どうしようもなく——。

「……ぶっ！」

笑けてしまった。

「あははは！　そ、そうはならんだろっ……あはははは！」

「え？　お、おかしいし？」

「いや、悪くないよっ……マジで意外と似合ってる、けどっ……あはははは！」

七草には申し訳ないが、本人が大真面目《まじめ》であるほど、おかしくてたまらない。

そんな露骨なイメチェンがあるかよ！

しかもなんで茶髪でも金髪でもなく初手ピンクなんだよ！　そこでピンク選ぶあたりがなんか陰キャっぽいんだよ！　ピンク髪はむしろ陰なんだよ！

他のクラスの連中は俺たちを見て、だいぶ混乱しているようだ。

七草へは「何があったんだ……」「高校デビューって、入学前にしなきゃダメだろ……」と引いている様子。俺に対しては「笑っちゃっていいの……？」と困惑の声が聞こえる。

ただそんな雑音は気にせず、俺は七草と話し続けた。

「はーおかしい。七草おまえ、思ったよりヤバいな」

「ひ、ひどいし！」

「そういやメガネはどうしたんだ？」

「コ、コンタクトにしたし。本当は春休みに買ってあったんだけど……今日まで自信なくて、付けられなかったし……」

「……そっか。頑張ったな」

「う、うん！　えへえへ……」

自然と思い出す、春休みの記憶。コンタクトレンズ店での、店員のお姉さんの言葉。

『変わりたいんでしょ』

七草も俺と同じように、たったひとつのきっかけで変われたのだ。変わりすぎだけどな。

「うわっ、七草ちゃ！　どうしたのっ？」

遅れて登校してきたカエラが、七草を見て目を丸くする。

「イメチェンしたんだとよ」

「う、うん……したし」

「えー良いじゃんちょーぜつ似合ってる！　ピンク可愛いよねー！　でもよく一日でここまでキレーな色になったねぇ？」

「す、すごい時間かかったし……トリートメントいっぱいしてもらったし……」

「わーほんと、美容院の匂いムンムンだはぁ、クンクン」

「え、えへえへ……」

カエラが七草の髪に顔を埋めている中、さらに遅れて徒然もやってきた。

「うおっ、誰だそれ！」

「こら徒然！　ピンク七草ちゃんだし！」

「すげえ髪だな！　カッケェ！」

「カッケェのかよ。おまえのセンスもよく分かんねえな」

カエラや徒然も七草を取り囲んで手放しで称賛する。そんな状況に七草は緊張しながらも、照れくさそうに笑っていた。

七草は変身した。ただ残念ながら、陽キャっぽくはない。ついでにギャルっぽくもない。

だがその日、確かに彼女は、自分の力で世界を変えた。

七草遊々の恋は、まだ終わらない。

第二章
イキリオタク（可愛い）

You-kya ni natta Ore no Seishun Shijo Shugi

「ゆゆゆ〜、いくよ〜」

遊々《ゆゆ》が緊張の面持《おもも》ちで「バッチ来いしぃ！」と叫ぶのを聞いて、カエラはポーンッと柔らかめにボールを蹴《け》り上げた。

「あわ、あわわ……」

遊々はピンク髪を揺らして右往左往。それでもボールから目を離さず、ボールがツーバウンドしたところで足を上げた。

「そりゃあ！　わあっ！」

バランスを崩して倒れそうになりながらも、なんとかボールをトラップすることに成功。俺《おれ》とカエラは歓声を上げる。

「おっ、できたな！」

「ゆゆゆやったね！　ナイストラップ！」

「わはは、なんだその動きは！　ピンク色のタヌキが踊ってるんかと思ったわ！」

ただひとりバカにする徒然《つれづれ》に、遊々は「うー！」と勢いよくボールを蹴る。

爆笑して油断していたせいか、天才ＤＦとして名を馳《は》せた徒然でも対応できず。見事股間へと命中したのだった。

「うおっ……はうっ！」

「やるねーゆゆゆ！　徒然にはいつでも、それくらいやってええよーん」

「なんなら直で蹴り上げても良いぞ」

「よくないわ！」

ピンク髪になって以降の遊々は、カエラや徒然とも交流を持つようになった。

本日は昼休みのルーティンであるサッカーにも参加している。やはり運動神経はなく動きはガタガタだが、カエラや徒然は変わらず楽しそうにしていた。

「きょ、きょ、橋汰《きょうた》くん……」

まだ下の名前では呼び慣れていないらしい。遊々はもじもじしながら俺を呼ぶ。

「どうした、遊々」

「わ、私、うまくできてるし……？」

「何を？」

「な、なに……なんだろ？」

「何言ってんだよおまえは」

「え、えへへ、えへ……」

ある日いきなり陽キャの中に放り込まれたのだ。混乱するのも無理はない。

だが俺だって変われたのだ。遊々もこうして触れ合っていれば、きっと変われる。

「……ん？」

ふと、視線の先に小さな人影を見つける。かつて遊々がしていたように、木の陰から俺たちを見つめていた。しかし俺の目線に気づくと、彼女はすぐさま身を隠した。

「こらー橋汰、よそ見するなー！　いくよー！」

「あー、はいはーい」

気を取り直して、再び三人の輪に入る。

カエラも遊々も徒然も気づいていなかったが、俺はしっかりとその姿を確認した。

俺たちを覗《のぞ》き見ていた人物、あれはきっと――。


「う、うたみーん……」

五時限目と六時限目の間の休み時間。

遊々が呼びかけたのは彼女の前の席、つまり俺の右斜め前に座る女子だ。

「……なに？」

「あ、あのね、数学の宿題の最後、分からなくて……」

「……簡単でしょ、あんなの」

「うぅ、ごめん……」

「頭の中までピンク色になったの？」

だいぶ厳しく言いつつも、彼女は椅子《いす》を反転させて遊々に宿題を教える。

彼女は宇民水乃《うたみみずの》。クラスでトップの成績を誇る才女だ。

身長はおそらく百四十センチ台と可愛らしく、声も小学生のように高い。このスペックだけ見ればクラスの人気者になってもおかしくないが、残念ながらそんな事実はない。

はっきり言って宇民水乃もまた、陰キャである。

「う、宇民さん……」

ふと、また別の女子ふたりが、ノート片手に宇民に話しかける。

「あの、私たちも宿題……教えてほしいなー、なんて」

フレンドリーに話しかける女子ふたり。遊々は少しアワアワしながら、両者を交互に見る。

では宇民の反応はというと。

「…………」

「あ、あの、宇民さん？」

「…………」

「こ、答えだけでも……」

無言で、突き刺すのではと思うほどの鋭い眼光で、睨《にら》み続けていた。その吊り上がった目に恐れをなし、彼女らは「ご、ごめん」などと言い去っていく。

可愛らしいサイズ感とは対照的に目つきは悪く、ひたすらに無愛想、たまに話せば毒舌。

そりゃまともに友達もできんて。

俺はまだ一度も話したことがないが、断言できる。

宇民水乃は触れるものみな傷つける、イガイガ系陰キャである。

「う、うたみん、これで合ってるし？」

「……最後の計算ミスってる」

「あ、ほんとだ、ごめんし」

「なにそのギャルみたいなしゃべり方」

「えへ、えへ……」

「……なんで嬉《うれ》しそうなの」

それでもなぜか、遊々とだけは少しだけ話すようだ。

俺らと行動する前の遊々は、唯一宇民とだけ会話していた。ただ言い方は悪いが、クラスの余り者ふたりでつるんでいるだけのようにも見えた。友達と言っていいのかも怪しいくらいだ。

つまり遊々と宇民はそこまで仲良くない、単に惰性で付き合っているだけだと思っていた。

今日の、昼休みまでは。

「………」

ふたりをぼーっと眺めていたところ、宇民にバレてしまった。

彼女は無言で、人を刺し殺せそうなほど尖《とが》った眼光で見るので、俺はつい目を逸らす。

いつにも増して目線がキツい。そう思ってしまうのは昼休みの一件があったからだ。

俺たちのサッカーをコソコソ覗き見ていた小さな影は、紛れもなく宇民水乃その人だった。


翌日の昼休み。本日は雨でサッカーはできず、教室でまったりと昼食を取ることに。カエラと徒然は購買へ食料調達に行った。

「う、うたみんについて？」

遊々とふたりになったところで、宇民について聞いてみた。遊々から見てどんな性格なのか、どんな関係なのかなど。もちろん宇民は不在だ。

「……むー」

遊々は、なぜか不満げ。

「え、なにその顔」

「きょ、橋汰くん……うたみんと、仲良くなりたいし……？」

どうやら嫉妬《しっと》しているらしい。

「いや遊々の友達なんだろ。だから知りたいなと」

「あ、そういう……えへへ、そっか」

そういえば遊々はストーカー気質だった。他の女子の話をする際は気をつけなければ。

俺も別に、宇民についてどうしても知りたいというわけではない。

ただ昨日の昼休み、俺や遊々たちを密かに覗いていたのが、妙にひっかかっているのだ。

「う、うたみんは……勉強ができる」

「それは俺も知ってるよ」

「あ、あと、梅こんぶをよく食べてる」

「それは知らなかったけど、今はどうでもいいかな」

「あ、あと、えーっと……ちっちゃくて可愛い」

「それも見りゃ分かるって」

「……見りゃ分かる？　橋汰くん、うたみんが可愛いって思う……？」

え、まさかの嫉妬トラップ？

ジェラジェラする遊々を宥《なだ》めつつ、話を戻す。

「宇民とはどんな話をするんだ？」

「マ、マンガとかアニメの話が多い……ちょっと趣味は違うけど。私は少女マンガとか恋愛ものが好きだけど……うたみんは異能バトルとか異世界ものみたいな、男の子向けの作品が好き……」

「あー、なるほどね」

「うたみん、アニメとか漫画の話だと、いっぱいしゃべる……えへ、えへ」

そりゃおまえもだろうよ。

「で、でもうたみん、好きな作品の話になると、たまに変なスイッチ入る……」

「スイッチ？　入るとどうなるんだ？」

「ちょーキレるし……だから私いつも、選択肢を間違えないようにしてる……」

選択肢って。ギャルゲーヒロインなのか宇民は。

まぁオタクというのは大抵こだわりが強いものだ。こだわりが強いからオタクになるのだ、人は。と、過去の自分を棚に上げてみる。

「そんな風に会話してたら大変だろうに。そもそもだけど、遊々と宇民は友達なのか？」

「と、友達だよ！　友達……だと思うし」

とっさに言い返したものの、最後には自信をなくしていた。

「わ、私は友達だといいなって思う。でもうたみんは、よく怒るし……私のこと嫌いかも」

「遊々は宇民と友達でいたいんだ？」

「う、うん……うたみんは優しいし」

「優しいのか？　よく怒られてるのに」

「や、優しい……たぶん」

「うーん……？」

聞けば聞くほどよく分からなくなる。分かるのは、意外にも遊々は宇民に対して、ある程度のリスペクトがあるということだ。

「おまたせちゃーん、購買並んでたー！」

「くっそ腹減ったわボケェ！」

ここでカエラと徒然が騒がしく戻ってきた。

「この話は、また今度な」

小声で言うと、遊々は「う、うん……」と返答した。


放課後、皆と校庭でサッカーをしたのち、ファミレスで宿題をすることになった。

俺だけ自転車通学なので、他の連中にはバスで先に行ってもらうことに。

駐輪場に向かう直前、俺は忘れ物に気づき、廊下を戻っていく。

オレンジ色に染まる教室には、ひとりだけ生徒が残っていた。噂《うわさ》の宇民だ。

「……ピンク……いや、でも……」

宇民は何やら独り言を呟いている。教室の後方から入った俺には気づいていないらしい。

俺が自分の席、つまりすぐそばまで近づいても、宇民はまだ気づかない。

「よ、よし……買うぞ、買うぞ……」

何をしているのかと思ったら、宇民は震える指でカラーリング剤をポチろうとしていた。

「えっ、宇民も染めんの？」

「ぎゃあっ！」

声をかけると、宇民は座ったままぴょんと飛び上がった。俺を見るその目は吊り上っていながらも、じわじわ涙が溜《た》まっていく。

「なっ、何見てんだオマエェっ！」

「気づかないおまえにも問題があるだろ」

「うるさいクソ陽キャ！」

宇民はスマホやらノートを投げつけてきそうだったので、「待て待て！」と制する。

「悪かった！　俺は何も見てない！　これでいいだろっ？」

「な、何が⁉」

「だから、遊々に合わせて髪を染めようか迷ってる宇民なんて、見てないと……」

「ちちち違うわーーーーっ！」

結局はノートを投げつけられるのであった。

五分間ほどひたすら頭を下げて宇民の怒りを鎮めたところで、尋ねてみる。

「なんで染めようと思ったんだ？」

「……別に、気分転換よ」

「ふーん」

「……何よ」

宇民はいまだ敵意むき出しの目を向けている。しかしその心は、思ったよりもシンプルだ。

やはり宇民の中で遊々は、ただ惰性でつるんでいるだけの関係ではないのだろう。

でなければ俺たちとサッカーしている姿を寂《さび》しそうに見に来たりはしないし、遊々に触発されて派手な色に染髪しようともしない。なんて不器用な奴《やつ》だ。

何が彼女をそうまでさせたか。それは間違いなく、遊々が俺たちと絡《から》むようになったから。かろうじて友達だった遊々までいなくなれば、本当のぼっちになってしまうからだ。

そう考えると、遊々を引き入れた張本人としては、心苦しく思わなくもない。

「……なぁ宇民、今度遊々と俺たちと一緒に、昼飯食べないか？」

「……え？」

俺の提案に宇民はキョトンとする。しかしすぐ怪訝《けげん》な表情に変わった。

「……なんで？」

ここで同情を匂《にお》わせる返答は絶対にNGだ。宇民のようなタイプは可哀想《かわいそう》だと思われるのが一番嫌いだろう。選択肢を間違えるな、俺。

「ほら、遊々が俺たちといる時、まだ少し居心地が悪そうだからさ。最近絡むようになって、まだ慣れてないいんだと思う」

「…………」

「宇民は遊々と仲良いだろ。宇民が入ることで、遊々もだいぶ落ち着くと思うんだよな」

「……なるほど、確かにね」

必死に抑えているが、分かりやすく宇民の顔は緩んでいく。どうやら好感触らしい。

もう、あと一押しだ。

「今日も遊々は宇民のこと褒めてたしな。優しいとも言ってたよ」

だが、ここで俺は選択肢を間違えたらしい。宇民の様子が一変する。

「…………」

ひどく冷たく、どこか悲しそうな表情。目も虚《うつ》ろになっている。

「……ウソつき」

その声から、徐々に怒気が滲《にじ》み出ていく。

「……七草《ななくさ》が、そんなこと言うわけない」

「いや言ってたよ、マジで」

「そんなわけない！　だっていつも私、七草にひどいこと言ってる！　優しいなんて思われることしてない！　あんたはウソつきだ！」

激昂する姿には困惑する他ない。遊々は確かに、宇民は優しいと言っていたのだから。

だがいくら言っても、宇民は信じない。

「も、もう誘わないで！　私、昼は他の友達と食べるし！」

「宇民……いつも昼休みいないじゃん」

「ほ、他のクラスの子と一緒なの！」

宇民はカバンを持ち、立ち去ろうとする。

明らかに誤解している。このままこの話は終われない。俺は慌てて宇民の腕をとった。

「待て！　聞けって！」

「うるさい離してっ……ひゃっ！」

「あぶねっ！」

宇民が転びそうになり、俺はとっさに引き寄せようとするも間に合わず。それどころか俺もバランスを崩し、倒れてしまった。

結果、ラブコメ。

「きゃぃ……」

可愛い悲鳴を上げる宇民の顔は、すぐ目の前。

俺はまるで押し倒すように、宇民の小さな身体に覆《おお》いかぶさっていた。

宇民の長い睫毛がピコピコと揺れ、大きな瞳《ひとみ》にはじわりと涙が滲んでいく。

俺が謝るよりも早く宇民は「ぴぃぃ！」と俺の腕と腕の間から、しゅるるすぽーんっと抜ける。そして勢い余って机の足に頭を強打。宇民は「みぃぃ……」と呻《うめ》き、うずくまる。

「ご、ごめん宇民……大丈夫か……？」

恐る恐る声をかけると、宇民は顔を真っ赤《まっか》にし、震える声で告げる。

「あ、あんた、私をキレさせたらどうなるか、知ってんの……？」

「え……？」

宇民はぎこちない笑いを浮かべながら語る。

「わ、私がガチキレしたらね、正気じゃなくなるんだから……」

「な、何が起きるんだ……？」

「笑いながら相手を殴り続けて、気づいたら辺りが血の海になってるらしいわ！」

「ら、らしい……？」

「記憶がなくなってるからね！　気がついた時には相手は血まみれになってるのよ！」

俺が言葉を失っていると、宇民は得意げな表情。

「い、今はその直前までいったから……今度から気をつけることね！」

こんな捨て台詞《ぜりふ》を吐き、去っていく小さな背中を、俺は唖然《あぜん》と見送るしかなかった。

「イ、イキリオタクェ……」

リアルで言う奴、初めて見たェ……。

＊＊＊

「宇民さんの中学時代について？」

「そうそう。どんな感じだったのかなーって」

同じクラスにいる宇民と同中の子に尋ねてみると、彼女は言いにくそうに告げる。

「中学で同じクラスになったことはないからよく分からないけど……今とあんまり変わらないんじゃないかな」

触れるもの皆傷つける宇民のイキリ陰キャマインドは、中学時代から変わらないようだ。

「正直、ただ浮いてるだけの今はまだ良く見えるくらいで……中三の終わりの頃は、ちょっと可哀想だったよ……。宇民さん、ちっちゃくて可愛いし、怒るとムキになって見えすいたウソついちゃうから、標的になりやすくて……」

見えすいたウソ。昨日もいくつか聞いたな。別のクラスの友達がいるとか、キレると手がつけられなくなるとか。きっとプライドを守るため、ウソをつくのが癖《くせ》になっているのだろう。

「意地悪な女子からひどくイジられてたみたいで……宇民さんは誰《だれ》かに助けを求めるタイプでもないし……隣のクラスから見てても辛かったよ」

「……そっか」

孤立している宇民をうまくクラスに馴染《なじ》ませたい。本心だが、それがすべてではない。

そんな建前《たてまえ》以上に宇民のことを気にしてしまうのには、理由がある。

人見知りなのに人と仲良くする努力をしない。本当はひとりになりたくないのにプライドを守るため、他人を見下して攻撃的になる。それで良いのだと己《おのれ》を偽る。だから孤立し、後ろ指をさされる。遊々のような愛嬌のあるタイプとは異なる、厄介で本当に面倒くさい陰キャ。

そんな人物を、俺はよく知っている。

中学時代の俺と宇民は、同類なのだ。

だからこそ俺は、昨日の一件があった後も、気づけば宇民を目で追っていた。

「……（キッ！）」

そして目が合っては、睨まれていた。

昼休み。いつものメンツと昼食を食べ終え、教室で駄弁っていた時だ。

「だから、コナンの正体は絶対に新一だと思うんだよ！　橋汰もそう思うだろ⁉」

「…………」

「おい橋汰、聞いてるのか⁉」

「ん……あぁ、ボーッとしてた」

徒然の熱弁が耳に入らないほど、意識が別の方へ向いていたらしい。

視線の先はやはり宇民の机。宇民は昼休み、いつも教室からいなくなる。本人は別のクラスの友達と食べていると言っていたが、本当はどこかでひとりで食べているのだろう。

「あのさー、橋汰さー」

カエラが俺をじっと見つめ、一言。

「橋汰って宇民ちゃのこと、しゅきなの?」

「ぶっ!」

剝《む》き出しの質問に、つい吹き出してしまった。

「な、何言ってんだカエラ! そんな訳……」

「コォォォォ……ッ!」

灼熱の視線を感じた。遊々が謎《なぞ》の息吹を発しながら俺を凝視。完全に瞳孔が開いている。

嫉妬なのか、それは? 嫉妬を表現する方法として正しいのか?

「な、なんでそう思ったんだよ」

「だって橋汰、ここのところずっと宇民ちゃのこと気にしてるっしょ。よく目で追ってるし、同中の子に中学の頃の宇民ちゃについて聞いてたし。外堀からアタックちゃん?」

「いやアタックちゃんじゃなくて……」

「そうだったのか橋汰っ! ていうか宇民って誰だ⁉」

「コォォォ……コォォォォッ!」

「徒然と遊々は黙っとけ! 話がややこしくなる!」

俺はひとつ深呼吸。整然と話す。

「第一に、宇民に恋愛感情はない。二度とそんな勘違いしてくれるな」

カエラは「へいへーい」と気のない返事をする。おまえにだけはそんな勘違いをしてほしくないと、今はまだ心の中で思うしかない。

「でも宇民を気にしているのは事実だ」

「コォォォォじゃねえよ。遊々には言っただろ。お前の友達だからどんな奴か気になるって」

「コォォォォォォ……ッ！」

「あ、そうだった……えへ、えへへ」

ひとまず、遊々の邪神化は免れた。

「あと、これはまぁ綺麗事《きれいごと》だけど、クラスで浮いている奴がいたら気になるだろ」

「まぁ確かにね」

「おおそうだな！　橋汰、おまえいい奴だな！」

「えへ、橋汰くん、いい奴……」

カエラや徒然は根っからの陽キャだけあって素直に肯定。遊々はなぜか彼氏を褒められた彼女のように、嬉しそうにしていた。

「実は昨日昼飯に誘ったんだけど、断られてな。どうしたもんかと思ってたんだ」

するとここで、徒然がスクッと立ち上がる。

「そういうことなら俺に任せろ！」

「ほう。というと？」

「橋汰と違って女心が分かるからな俺は！　宇民とやら、俺が誘ってきてやる！」

「よっ！　待ってましたキノコ兄貴！」

「見せてくれよアホキノコスープ！　本物の漢気（笑）って奴を！」

俺とカエラがバカにしているとも気づかず、徒然は「でへへ」と喜びながら頭をかく。

「あ……うたみん来た」

遊々の視線の先、ちょうど宇民が教室に戻ってきた。

「あの小さいのが宇民か！　よっしゃいっちょ行ってくるぜ！」

意気揚々と宇民に突進していく徒然。

宇民は、突如として現れた巨大キノコ男に対し、ビクッと震えていた。

「……あれ、逆効果じゃね？」

「いや、あれくらい押し強い方が案外……」

カエラと俺が冷静に分析する中、徒然は宇民に何やら熱っぽく語り始めた。話の内容は聞こえないが、ひとまず会話は成立しているようだ。

しかしものの数十秒後、徒然はなぜか青ざめた顔で戻ってきた。

「あ、あいつやべぇ……キレさせたらダメだ……」

「……なんて言われたんだ？」

「昔、不良数人を気絶するまで殴り続けて……しかもその時の記憶がないんだって……」

「信じてんじゃねえよ」

イキリオタク構文をリアルに信じる奴《やつ》がいるとは。純粋が過ぎるぞ徒然。

宇民は俺たちへ怪訝な目を向けながら、自分の席についた。俺の席と宇民の席、その距離一メートルほど。しかし心の距離は霞《かすみ》がかるほどに遠い。

「まったくだらしない男どもよな！　よっしゃカエラちゃん動きます！　ゆゆゆ行くよ！」

「え、え、え？」

ついにはカエラまで立候補。困惑する遊々の手を引いて宇民に近づく。

「ねえねえ宇民ちゃ、明日一緒にお昼食べね？」

「……なんで？」

「宇民ちゃと食べたいから！」

ド直球。純真さが眩《まぶ》しい。これが本物のシン・陽キャ、青前夏絵良《あおまえかえら》という女である。

宇民は一度チラリと俺を見る。「アンタの差し金でしょ……」と言いたげな、イガイガした視線が飛んできた。

「……ていうか、明日から休みでしょ」

宇民はため息をつきながらボソッと告げる。

列島は明日からＧＷ。学校で昼を共にする機会は連休明けまでない。カエラは「それな！」

と驚く。が、ここで会話終了とはならない。

むしろここからが、カエラの真骨頂だ。

「じゃあ宇民ちゃん、明日アタシたちとお出かけしよ！」

「……は？」

「ランチ一緒しよ！　いいじゃんそれで！　決定！」

このトンデモ展開にはさしもの宇民も狼狽《ろうばい》。

すごいだろ宇民。陽キャもここまでくると、もはや狂人だよな。

そしてこの提案に対し、誰よりも大きく反応したのは、意外にも遊々だ。

「カ、カエラちゃん……私たちって、私も？」

「当の然だよゆゆゆ！　みんなで一緒に行こーや！」

「えへ、えへ……い、行きたいし」

みんなでお出かけというイベントに憧《あこが》れていたのか、遊々はキラキラ目を輝かせる。

対照的に宇民は混乱。それでもキッパリ断ろうと、声を上げる。

「ちょっと待ちなさいよ！　私は……」

「う、うたみん！」

「へぇっ？」

遊々は宇民の手を握り、互いのまつ毛が絡まりそうになるまで距離を詰める。

「う、うたみん行こ？　私、うたみんと行きたいし」

相変わらず人との距離感がバグっている遊々。ただ今回に限ってはそれが功を奏した。

宇民は震える声で了承した。

「……ひん」

たぶん、了承した。

＊＊＊

「……うわ」

GW初日のショッピングモール。人が溢《あふ》れかえる中、まさか一番に彼女と遭遇するとは。

「よう、宇民」

「……ふん」

俺の挨拶《あいさつ》に対し、謎の鼻息で対応。相変わらずイガグリのような陰キャだ。

宇民の私服は初見で、ついじっと見てしまう。白パーカーに水色のロングスカートと、シンプルながらセンスが感じられるコーデだ。

「こんなとこで何してんだ。集合場所は一階の広場だろ」

「……アンタこそ」

俺たちが遭遇したのは二階。吹き抜けで、ちょうど集合場所の広場が見下ろせるところだ。集合時間にもまだ十五分早い。

「俺はアレだ。本屋に寄ってから行こうかと」

「……私も、百均に用があったから」

ウソである。俺も、おそらく宇民も。

俺たちのようなタイプの陰キャは約束の時間よりも早めに着いてしまう。朝からずっとソワソワしているからだ。でも早く着いたと思われたくないから、集合場所が見えるあたりをウロウロする。そうしてひとりふたり集まってきたら、何食わぬ顔で合流するのだ。

やはり根っこが似ているのだ、俺と宇民は。

「……じゃ」

立ち去ろうとする宇民。

「なんでだよ。そろそろ時間だし、集合場所行こうぜ」

「……いや。アンタと一緒に来たと思われるでしょ」

分かっていたことだが、あの押し倒し事件以降、俺は宇民に嫌われてしまったようだ。

正確には押し倒す前からだが。

『だっていつも私、七草にひどいこと言ってる！　優しいなんて思われることしてない！　あんたはウソつきだ！』

この叫びが、あの日からやけに記憶に残っていた。

「……じゃあね」

「待て待て。まだ誰もいないし、一緒に来たとは思われないだろ。いいから行こうぜ」

「ちょ、ちょっと……」

宇民とは対話が必要な気がする。だからこそ呼び止めた。

逃げようとする宇民の腕を、少し強引《ごういん》に掴《つか》み……。

「「はっ！」」

刹那《せつな》、蘇《よみがえ》る記憶。あの時も宇民の腕を掴んだことがきっかけで、押し倒してしまったのだ。

俺たちはほぼ同時に離れる。自然と俺から謝ってしまった。

「すまん……またあの時の二の舞になるところだった」

「……本当よ。人のこと押し倒しておいて忘れてたの？」

「いや……てかあの時だって、故意に押し倒したわけじゃ……ひっ！」

「え、なに……ひんっ！」

俺たちは気づいてしまった。

物陰から、ピンク髪の妖怪が俺たちを見ていることに。

「コォオオ……」

早めに着いてしまう陰キャは、もうひとりいたのだ。

ファッションに関してはまだギャルに追いついていないらしい。遊々は白のフリルブラウスにベージュのキャミワンピ。

そんなフェミニンな装いとは裏腹に、遊々の表情はまるで地獄からの使者。おどろおどろしい様相に宇民は涙目になり、俺の身体もガタガタと震える。

「……橋汰くん、うたみんを、押し倒したし……？」

「いや違う！　そういうんじゃないぞ！」

「……じゃあどういうの？」

「ひんっ、ひんっ……」

言葉にならないらしい。宇民は目に涙をいっぱい溜め、俺にすがりついていた。

そしてその光景すら、遊々の嫉妬の火種になっていく。

「……橋汰くん、うたみん。教えて……教えてよ……」

「お、落ち着け遊々！　おち……ひぃぃぃぃ！」

結局、遊々が納得するまで説明させられた俺たち。早く到着したにもかかわらず、集合時間に大幅に遅れてしまうのだった。

まずはランチをしようとのことで、やってきたのは回転寿司だった。

ボックス席に案内され、レーン側から俺・遊々・宇民、向かいには徒然・カエラが座る。

せっかくカエラと休日を過ごす機会を得たにもかかわらず、向かいの席にはむさ苦しい巨大マッシュルームマン。

「んぐんぐ……あれ、いま俺なに食べたっけ。なんか赤い奴。赤くてうまい奴」

「知らねえよ。赤い奴ぜんぶ頼んどけ」

「おお、その手があった！　頭いいな橋汰！」

宇民と向かい合うのはカエラだ。キャップにロゴTにカーキのブルゾンと当然の如《ごと》く派手でオシャレ。ハーフパンツで長い足を強調している。

そんなカエラと宇民は、楽しそうに会話しながら食事している。

「ねーねー、アタシも『うたみん』って呼んでいーすか？」

「…………」

「うたみんはどの寿司ネタが好きー？」

「いいって言ってないけど⁉」

「東京の女子高生って放課後、回転寿司で駄弁ったり宿題するんだって。ヤバみちゃんだね」

「聞きなさいよ！」

会話が成立しているかどうかは別にして、盛り上がってはいるようだ。

どうやらカエラは宇民のことがかなりお気に入りらしい。そもそも以前から教室でもよく話しかけている場面を目撃していた。対する宇民は、カエラの陽キャパワーに押され気味だが。

「えへっ、えへへっ」

そしてもうひとり。遊々はというと、寿司よりもこの状況でお腹《なか》いっぱいらしい。

休日に友達とランチ。しかも隣で密着しているのは俺。もう顔がほわっほわしていた。

「えへ、えへ……橋汰くん」

「どうした遊々」

「わ、わさび、出しすぎちゃった……」

「そうか。付けすぎには注意しろよ」

「うん！　えへえへ、わさびっわさびっ」

なにか変なテンションになっている。楽しんでいるようで何よりだ。

「あ、お茶……」

ふと、遊々は空になった湯呑《ゆの》みに湯を注《そそ》ごうと、蛇口へ手を伸ばした。

「遊々、お茶なら俺が……ぬぉっ！」

遊々の身体は自然と、レーン側にいる俺の方へ傾く。なればこそ実はデカいと俺の中で噂のその胸が、ぎゅむっと俺の腕に当たる。というか、かなりの圧で押し付けられる。

これは、すごく、おっぱいだ。

「よいしょ、と」

湯をつぎ終えると、遊々は何事もなかったかのようにアナゴなんかをもひもひ食べていた。

やはりこの子、距離感がバグってる。まさか遊々にドギマギさせられるとは。しかも向こうは無意識……このピンク髪、侮《あなど》れねぇ。でもサンキューな。

「……はっ！」

鋭利な視線が突き刺さる。

一連の流れを目撃していたらしい、宇民が軽蔑《けいべつ》と憤怒を孕《はら》んだ目で俺を睨んでいた。

「ゆ、遊々、アナゴうまい？」

「アナゴうまい……えへ」

「じゃあ俺も食べよーっと」

「えへえへ。アナゴうまい……」

アナゴでなんとかごまかしたのだった。

「ごまかせてねぇわ」

「え、急にどしたうたみん」

タッチパネルでアナゴを一皿選択したのち、俺は顔を上げる。

「おまえら、他に何か頼むかー？」

「えびちゃん！　橋汰、アタシえびちゃん食べたい！」

「鉄火巻き！　橋汰、ありったけの鉄火巻きだ！」

「えへ、茶碗蒸し……」

「あっ、アタシも茶碗蒸し食べたい！」

「わあぁ俺も！　俺もだ橋汰ぁぁぁぁ！」

「いやうるせえ！　おい、宇民は？」

「………………」

「中ジョッキな」

「言ってないわ！　ネ、ネギトロ……」

「はいはい、りょーかい」

陰陽乱れての回転寿司ランチは、やけに盛り上がり過ぎていった。


「うたみんはマジ、こういうガーリーなの似合うって！」

「……いやこれ、可愛いすぎ……」

「えへ、うたみん、たぶん似合うし……私もこういうの好き……」

「じゃあふたりで双子コーデすれば？」

ショップにて盛り上がるカエラと遊々と宇民。傍から見ればもう友達にしか見えない。

回転寿司で昼食を終えた俺たちはショッピングモールを練り歩いていた。可愛い系のショップを見つけるたび、カエラは遊々と宇民を引っ張って連れて行く。

「橋汰、俺らだけゲーセン行かね？」

「やめとけ。カエラがスネるぞ」

「面倒くせえな。どうせ買わないのに」

「女の買い物ってのはそういうもんなんだろ、たぶん」

俺と徒然は死んだ目をしつつ、ふわふわした空間を離れたところから眺める。

退屈だが、これが陽キャ的休日というもの。そう考えれば感慨深くもある。

「おっ」

上機嫌な声をあげる徒然。視線の先には色黒のギャルがふたり、目の前を歩いていく。彼女らが通り過ぎるまで凝視していた。

「いや見すぎだろ」

「えっ、そんなに見てたか俺？」

「穴が開くほど見てたぞ」

「バカだなー橋汰。穴は開いてるだろ」

「マジで死ね」

徒然は「鼻の穴のことですけどー」と白々しく笑う。陽キャ的ノリにしてもゲスすぎる。

「おまえってホントに黒ギャル好きだな」

「おおよ！　自分を貫いてる感じがカッケーよな！　あとエロいからな！」

徒然はとにかく黒ギャルがタイプらしい。色黒であればあるほど、ギャルギャルしていればしているほど良いらしい。

「俺の周りにもいないもんかなー、黒ギャル」

「一応言うと、遊々はギャルのつもりだぞ。色黒ではないけど」

「は？　あれのどこがギャルなんだ？」

「髪が派手なとことか、言葉遣いとか」

「いや、あれはただの髪がピンクの変な奴だろ」

残念だったな遊々。やはりおまえはギャルではないらしい。

「ちなみにカエラはギャルだけど」

「あいつは色白だし、それ以前に中学時代を知ってるからなぁ。あんなギャルギャルしてなかったんだぞ。中一の時は男みたいな髪型だったし。てか最初は男だと思ってたわ」

「ほーん」

今では考えられないが、それはそれとして見てみたい。カエラのサッカー少女時代。あの顔立ちならどんな髪型でも様になるだろう。

「なら総合すると、あいつら全員、徒然からしたら守備範囲外ってわけだな」

「ガイだなー。かすりもしねぇ」

「まぁ向こうからしても、おまえはガイだろうけど」

「うっせえ！　ま、友達としてなら楽しい奴らだよ。宇民のことはまだよく分からねえけど。

ていうか怖いけど……」

「まだイキリにビビってんのか」

安心したことがひとつ。徒然がカエラに対し、一切《いっさい》の恋愛感情を持っていないということ。だいぶ仲がよろしい空気感を見るに少し不安だったが、杞憂《きゆう》だったようだ。

「ちょいとメンズ！　来てみ！」

不意にカエラが、はしゃいだ声で俺たちを呼ぶ。呼び寄せられたのは試着室の前だ。

「ゆゆゆ、うたみん、出てきてー」

「う、うん……」『……うぅ」

二つの試着室からそれぞれ出てきたのは、お揃《そろ》いのワンピースを着た遊々と宇民。両者とも恥ずかしそうに顔を赤らめている。

「ぎゃー可愛いっ、ふたり共ちょーぜつギャンかわ！　双子コーデ最高！」

カエラは興奮気味に褒めちぎる。徒然も感心しているようだ。

「姉妹みたいだなーおまえら。ゲーム実況配信者の姉と、図書委員会の妹って感じだ」

「な、何だそれ！　誰が図書委員会だ！」

遊々は上目遣《うわめづか》いで俺を見つめ、おずおずと尋ねてきた。

「きょ、橋汰《みと》くん、どう……？」

思わず見惚れてしまった。と言うのは流石に恥ずかしかった。

「ふたり共似合うよ。うん、可愛い可愛い」

「えへっ、えへっ」

「……う、うるさいボケ」

「でちょー？　やっぱアタシの見立ては間違ってなかったわ！」

ひと通り感想を聞き終えると、宇民は試着室に戻ろうとする。が、遊々がそれを止める。

「う、うたみん……これ、か、買わない？」

「え……あ、あんたが買いたいなら……」

「じゃ、じゃあ買おう！　えへっ、えへっ」

ほわほわとしたやりとりを終えると、ふたりはそそくさと試着室に戻っていった。

これはアレだな。てぇてぇってやつだな。


買い物を終えフードコートで休憩することに。

カエラと遊々は全員分の飲み物を買いに、徒然は「腹減った」と言って食料を買いに出た。

しかしてテーブルには、俺と宇民のふたりきり。

「「…………」」

当然のことながら沈黙。ふたりともスマホをポチポチし、会話する気ゼロである。

と思いきや、宇民は時折チラチラと、様子を窺うように俺を見ていた。

「……なぁ宇民」

もしも話しかけて良いのなら、俺には改めて宇民に伝えたいことがある。

「……な、何？」

「俺は、ウソは言わない主義だ」

「は？」

思い出すのは一昨日の会話。宇民が急に怒り出したあの時の発言。

「神に誓って言うぞ。遊々がおまえのこと優しいと言ったのは、絶対にウソじゃない」

「…………」

中学時代に孤独を味わってきた宇民はおそらく、他人と関《かか》わる必要なんてないと自分に言い聞かせている一方で、自分なんかが他人とうまくやれるわけがないという不安を抱えている。俺がそうだったのだからよく分かる。

だから他人への接し方を間違うし、間違っていることも理解している。

遊々へ当たりが強いのも本人は自覚しているし、そんな自分を嫌悪している。ゆえにあの時宇民を肯定した俺に反発し、ウソつき呼ばわりしたのだ。

だが遊々は確かに、宇民を優しいと言った。宇民の本質的な優しさに気づいていたのだ。

「遊々はおまえと友達でいれたら良いって、はっきり言ったんだ。おまえの機嫌を取るためのウソなんて俺はつかない。それだけは信じてくれ」

言いたいことを言うと、再び訪れる沈黙。

ただそれは束の間。宇民は静かに問う。

「……それ、一昨日からずっと気にしてたの？」

「あぁ、気が気じゃなかった」

「……ふふっ」

ふと宇民の顔を見る。俺は初めて、彼女の笑顔を見た。

それは、思わずハッとするような、優しい笑顔だ。

「……バカみたい」

「うるせ。俺は気にしいなんだ」

「知らないわよ。でも、そこまで言うなら信じてあげる」

その言葉を聞いて、笑顔を見て、胸につかえていたものが落ちていった。

「ついでにカエラとも仲良くしてやってくれ。たぶんあいつ、宇民のこと相当気に入ってる」

「……べ、別に言われなくてもそんなの……たまにウザい時もあるけど……」

顔を赤らめ、ボソボソと呟く宇民。カエラの印象も、そこそこ良くなっているようだ。

「お待たせー！」

そこへ、カエラと遊々がジュースを持って戻ってきた。と同時にカエラは宇民に尋ねる。

「さっきゆゆゆに聞いたんだけどさ、うたみんも『破壊ヒーラー』読んでるのー？」

「え、うん」

「アタシもアニメ観たよ！　ちょーぜつ面白《おもしろ》いよねー！」

ファンタジーラノベ『人体破壊ヒーラーが導く世界終焉』。

小説の他にもマンガ化、アニメ化、ゲーム化など様々に展開している有名作品だ。老若男女に人気らしいが、ギャル中のギャル、カエラにまで届いているとは思わなかった。

「うたみんは誰が好きだったん？」

「そりゃ、ヒイラギでしょ」

「おー主人公の！　カッコいいよねー、ちょっとキザだけど！」

「ぶっちゃけヒイラギは私に似てるのよね。考え方とかキレ方とか。大きく言うとああいう人間なのよ私って」

「へーそうなんだ！」

いや溢れてる溢れてる。宇民、感情が先走りすぎていろいろ出ちゃってるよ。カエラが聞き上手だからギリ見ていられるけど。

危なっかしいところはあるものの、宇民はカエラと楽しそうに破壊ヒーラー談義に花を咲かせていた。もう俺がなにも言わなくても、ふたりは良い友情を築けそうじゃないか。

「でもさー、精霊山編の最後の無双は、ちょっとやりすぎじゃねって感じだよねー」

だが、カエラのこの発言から流れが変わる。

遊々が「……あ」と呟くのを聞き、俺も理解する。思い出すのは数日前の会話。

『で、でもうたみん、好きな作品の話になると、たまに変なスイッチ入る……』

恐る恐る俺は、宇民の顔を確認。


「**……はぁ？**」


ヤバい、スイッチ入った。

だが気づかずカエラは続ける。

「結局ヒイラギの無双で終わりってワンパじゃねー？　せっかくいいキャラの仲間も増えたし、最後はみんなで共闘って感じでも良かったと思うなー」

これはネットでも散見される意見で、ファンの間では議論になりやすいテーマでもある。そして運が悪いことに、宇民は猛烈な擁護派らしい。

「……あんたは何も分かってない」

「へ？」

宇民の目の色が変わった。

「仲間と共闘する展開は中盤で十分見せたし、あの場面はヒイラギが体を張って仲間を守りながら戦うことで序盤の伏線を回収できるんでしょ。なにより『破壊ヒーラー』はヒイラギの無双がカタルシスを生む物語構造なんだからヒイラギが最後に全部持っていくので正解なのよ。

ホント分かってないわね」

カエラに反論の余地も与えず、まくし立てる宇民。

これぞイキリオタクの真骨頂——超攻撃的、自説開陳。生で拝める日が来るとは。

なんて感心している場合でない。

「お、おぉ……」

さしものカエラもこのマシンガントークには困惑。俺と遊々も、アワアワとする。

一日を通して仲良くなりかけていたカエラと宇民だが、こんなところに落とし穴があるとは。

「——つまり、あんたに破壊ヒーラーを語る資格はないっっ！」

顔を真っ赤にする宇民は、最後にこう言い放った。語り終わってもゼーゼー言っていた。

カエラは目を丸くする。しばらく唖然としていたが、場の空気を考えてか、こう返した。

「そ、そんな、アニメくらいで怒んないでよー焦《あせ》るー」

あ、ヤバい。それは逆効果だ。その選択肢は、絶対に選んじゃいけない奴だ。

「……帰る」

カエラの発言を聞いてすぐ、宇民は軽蔑するような、どこか悲しそうな目をして席を立つ。

「ちょ、ちょっとうたみん……」

「……もう二度と、話しかけないで」

そう吐き捨て、宇民はフードコートから去って行った。残された俺たちの間に気まずい空気が流れる。責任を感じてか、カエラが苦笑して尋ねた。

「アタシ……そんなヤバいこと言っちゃった……？」

カエラはおそらくライトに楽しんでいた層なのだろう。ガチ勢との邂逅《かいこう》には相当驚いたようだ。俺はひとまずフォローする。

「まぁ正直、宇民がムキになりすぎだったと思う。作品の感想は人それぞれ持っていて当たり前だし、その点では別にカエラは悪くないよ」

宇民はカエラの意見を聞いて、議論にする間も無く攻撃した。そこは確実に宇民が悪い。

「ただ……その後の言葉が、カエラは良くなかったかもな」

「え……」

カエラはハッキリと物を言う人間だ。俺はそんなカエラが好きなのだ。だから俺も、カエラの良くないと思ったところは正直に伝えるべきなのだろう。

「何が大切かは人によっては違うからさ。こっちから見たらちっぽけでも、相手からしたら命より大切な存在かもしれない」

「あ……」

「人が本気で好きなものを、『それくらい』って軽視しちゃダメだよ」

在りし日の俺にとってもラノベやマンガは大事な存在だった。大袈裟《おおげさ》でなく、それらがあったからクソみたいな人生でも死にたいとは思わなかった。

だから宇民の気持ちも分かる。遊々だって同じ気持ちだろう。

「…………（ぽーっ）」

いや目をハートにすな。そんな目で俺を見るな。

「まぁもちろん、カエラのことだからバカにするつもりはなかったんだろうけどさ」

「……いや」

カエラは神妙な面持ちで話す。

「もちろん、バカにしようなんて思ってなかった……でもとっさにあの言葉が出たってことは、心のどこかでは軽視していたのかもしれない」

すぐに自分の非を認めるのも、カエラの良いところだ。

「うたみんに謝らないと……アタシ、うたみん探してくる！」

「あっ、おい……」

みんなで探した方が早いだろうと、告げる間もなくカエラも走り去っていった。

俺たちも行くべきだろうと目を合わせるも、遊々はなぜかえへへえへ言っている。

「えへ、えへ……橋汰くん、良い奴……」

「いや何の話だよ」

「大切なものは人によって違うって話と、好きなものをバカにしちゃダメだって話……」

遊々もまた少女漫画好きで、オタクの分類に入ると自覚している。

だからか、俺の発言に共鳴したようだ。

「橋汰くんは陽キャなのに私たちみたいなオタクの気持ちも分かってる。理解がある陽キャ。だから、良い奴……えへ、えへ」

「それは……」

俺もオタクだったから、と言ったら遊々はどんな反応をするのだろう。

遊々はまるで幼児のように、俺を信じきっている。それはとても嬉しいことであり、同時にほんのり苦しくもある。

俺は遊々が思っているような人間とは、少しだけ違うのかもしれない。

もしそれを知ったら——遊々は悲しむのだろうか。

「あれー、ふたりだけか？」

騒がしく帰ってきた徒然。その手には巨大なホットドッグが握られていた。

「いやーめっちゃ並んでてさ、時間かかっちまったよ。それで、カエラと宇民は？」

能天気な声に、俺はハッと我に返る。

「えっと……宇民とカエラがちょいバチってな。カエラが宇民を追いかけに行ったんだ」

「なぬっ！　大丈夫か!?　カエラ血塗《ちまみ》れになってないか!?」

「おまえのその純粋すぎるイキられ、そろそろダルいんだが」

とにかく俺と遊々と徒然もフードコートを出て、ふたりを探しに行くことに。

「…………」

「えへ、えへ」

ひとまず、面倒な思考は保留にしておいた。

探すと言っても、この広いショッピングモールで見つかるのか。そもそも宇民はもう帰っているのではないか。そんな危惧が脳裏をかすめる。

「……あ、あれ、うたみん？」

割とすぐに見つかった。が、何やら不可解な状況である。

場所は大型モニターのある広場。宇民はそこで、同年代の女子数人と会話している。少なくとも俺はひとりも見覚えがなく、同じ学校の生徒ではなさそうだ。

「んー、誰だあいつら」

「ちょっと近づいてみるか」

俺らはこっそり、宇民たちの声が聞こえる大型モニターの裏側まで近づいてみた。

「宇民ちゃんどうしたのー？　迷子ー？」

「迷子なわけないじゃーん。ひとりで来たんでしょ？　高校でもぼっちなんでしょ？」

宇民は苦虫を噛《か》み潰《つぶ》すような表情。女子たちの不快な声に、俺も腹の底が熱くなる。

俺はすぐに勘づいた。中学時代の宇民にちょっかいかけていた奴らだ。宇民は不幸にも、ひとりでいたところで奴らと遭遇してしまったらしい。

「宇民ちゃん、ぼっちでこんなところ来たら変なおじさんに連れて行かれちゃうよー」

「いやいや、宇民ちゃんはママと来たんだよねー？　はぐれちゃったんだよねー？」

女子たちの放言は止まらず。その声を聞く遊々は、アワアワと落ち着かない様子。そして徒然は顔をしかめる。

「なんだあいつら」

「たぶん宇民の中学の同級生だ。宇民、よくからかわれてたみたいだから」

「最低だな。おい、助けに行こうぜ」

「おう、そうだな」

俺と徒然は宇民を助けるため、彼女たちの前へ出ていこうとした。

が、そこで宇民が余計なことを言ってしまう。

「ぼ、ぼっちなわけないでしょ！　今日は……彼氏と来たんだから！」

「⁉」

あのバカ！

俺はとっさに徒然を引き戻し、再び大型モニターの裏に隠れた。

「えー、宇民ちゃん彼氏いるのー？　見たい見たーい、どこにいるのー？」

「い、今はぐれてて……」

「じゃ連絡しなよー、宇民ちゃんの彼氏見たーい」

「ス、スマホの充電が切れて……」

「えー、何それウソっぽーい」

愚かにもウソを重ねる宇民。女子たちも完全にウソだと分かっているようだ。

「おい橋汰、なんで止めるんだ！」

「アホ！　ここで俺らが行ったらややこしくなるだろ！」

一番のアホは宇民だ。素直に「友達と来た」と言っていれば、俺ら三人が迎えに行くことですべて解決したのに。よりによって「彼氏と来た」なんてウソをつくとは。

こうなったら選択肢はふたつ。

徒然は彼氏の演技ができるほど器用じゃない。なら選ぶべきはただひとつしかない。

必要なのは――勇気だけだ。

「……なぁ、おまえら。俺は……陽か？」

遊々と徒然は首を傾げる。

「よ、よう？」

「何言ってんだ橋汰」

「俺はちゃんと陽キャに見えるかって聞いてんだ！」

俺は陽キャに見えるのか。初対面の奴が見てもちゃんと陽キャだと判断されるのか。どこに出しても恥ずかしくない陽キャなのか。

徒然はまだ理解できず困惑している。だが遊々はハッキリと告げた。

「橋汰くんは陽だよ！　陽キャに見えるよ！」

そう、そうだ……俺は陽キャだ！

「よしっ、もっと言え遊々！」

「橋汰くんは陽！　どこからどう見ても陽キャです陽！」

「いいぞ遊々！　もっとだ！！」

「橋汰くんは陽キャだ陽！　最ＴＨＥ高な陽ＴＨＥキャだ陽！」

「もっとぉ！　もっと来い！」

「陽、陽、です陽！　陽、陽、です陽！」

すると徒然も「何それ楽しそう！」と参戦してきた。遊々と徒然が声を合わせて叫ぶ。

「「陽、陽、です陽！」」

そうだ、俺は陽だ！　花の十五歳、陽キャど真ん中、上田橋汰だ！


「陽、陽、です陽！————っっ！」


俺は、駆け出した——。

「はーやっぱりウソかー。変わってないねー宇民ちゃん」

「っ……う、ウソじゃないし……」

「じゃあ早く彼氏連れて来いってー。しょーもな……」

「水乃、こんなところにいたのか陽！」

「えっ……？」

彼氏（ウソ）がログインしました。

宇民の頭にポンと手を置き、俺史上最高の爽《さわ》やかなスマイルを浮かべる。

「え……」

俺の登場に元同級生の女子たちだけでなく、宇民までも目を丸くしていた。

「連絡したのに、全然反応ないから心配したぞ。どうしたんだ水乃？」

だが宇民はすぐ対応するだろう。なぜなら彼女もまた、ウソには慣れているのだから。

「きょ、橋汰！　ごめんね、スマホの充電が切れちゃってさ！」

「そんなことだろうと思った。あれ、この人たちは？」

「ああ、中学の時の同級生だよ」

急に目を向けられた女子たちは気まずそうな表情。そこで、俺は元気に自己紹介。

「どうも、宇民水乃の彼氏です陽」

「っ……！」

ウソと分かっていても恥ずかしいらしい。隣の宇民はぷるっと震えていた。

そして、過剰に反応する人間がもうひとり。

「コォォォォォォォ……ッ！」

大型モニターの影からこちらを凝視する遊々は、もはや人間の形をしていなかった。禍々《まがまが》しい邪気を放っている。周囲で子供が泣いている。花が枯れている。世界はもう終わりだ。

その隣で徒然は、俺と宇民による一世一代の演技を鑑賞しながらむしゃむしゃホットドッグを食していた。見せ物じゃねえぞ。

「え、えっと……」

「そ、そうなんだー」

宇民の元同級生たちは、明らかに気まずそう。いい気味だ。

どうだ見たかクソ女共。おまえらがバカにし尽くした宇民ちゃんには、立派な陽キャ彼氏がいるんだ。ざまあみろ。ウソだけどな！

宇民は己の性格のせいで辛《つら》い思いをしてきた。その気持ちが、俺には痛いほどよく分かる。

宇民と俺は同類なのだから。

でもたまには、こいつのウソを本当にしてやってもいいじゃないか。そのために、陽キャになった俺が役に立つのなら、この上なく本望だ。

「それじゃ水乃、そろそろ行こう」

「うん、そうだね」

女子たちに軽く挨拶をし、背中を向ける。並んで歩く最中、ふと宇民に手を握られた。

「ま、まだ見てるから……恋人のフリだから……」

まるで自分に言い聞かせるかのような小声。その耳は燃え上がりそうなほど赤い。

「……何が、ウソはつかない主義よ」

笑いを噛み殺《ころ》すような宇民の声。そういえば十分ほど前にそんなこと言ってたな、俺。

「ウソつきはお互い様だろ」

「……何それ」

宇民は、震えた声で告げるのだった。

「でも……ありがと」


「うたみん、ごめん！」

合流すると、カエラはすぐさま宇民に頭を下げた。

「アタシちょーぜつ無神経！　破壊ヒーラーのこと、よく知らないくせに知ったか発言してマジあたおか！」

「……いや、私もムキになりすぎたというか……ごめん」

「じゃあいっせーので仲直りしよ！　せーのっ、仲直りー！　うたみん、しゅーきー！」

「え、えぇ……」

最終的には陽キャ的な謎の仲直り方法で、破壊ヒーラー騒動は幕を閉じたのだった。

「ところで……橋汰はなんでこんなにくたびれちゃんなん？」

俺はフードコートの席についた途端、脱力してしまっていた。

「一気に気が抜けてな……あんな立ち回り、もうごめんだ……」

「おうっ、橋汰はカッコよかったぞ！　若干足が震えてたけどな！」

「コォォ……橋汰くん頑張った……」

徒然は手放しに褒めてくれる。遊々はいまだ邪気の名残を残していた。

「アタシがうたみんを探し回っている間に、面白そうなことがあったんだにぇー」

「面白そうって、おまえ……」

「はいはい、頑張ったちゃん頑張ったちゃん」

「……うむ」

軽いスキンシップのつもりだろう、カエラは俺の頭を撫で回す。なにか動物扱いされている気もするが、これはこれで嬉しいので、まぁよし。

しかしこんなことをしていると、またひとり、嫉妬でコォォとか言い出すぞ。

「コォォォォ……」

「ふしゅぅぅ……」

「……ん？」

おかしいな。もうひとつ、別バージョンの息吹が聞こえたような。

第三章　実質メスガキ男の娘くん

You-kya ni natta Ore no Seishun Shijo Shugi

　ＧＷ明け最初の昼休み。サッカーをするメンツがまたひとり増えた。

「おー！　うたみん、うまちーだね！」

「ふふん、これくらい余裕」

　カエラの言う通り宇民《うたみ》の動きにはまるでソツがない。軽快にリズム良くパスを回せている。

　どうやらそこそこ動けるタイプのオタクらしい。

「何だよ、また遊々《ゆゆ》みたいな珍プレーを期待したのに。つまんねーなー」

　野次を飛ばす徒然《つれづれ》。すると宇民は目を細め、いやに落ち着いた表情を見せる。

「……私をキレさせない方がいいわよ……昔、拳《こぶし》から骨が見えるくらい人を殴り続けたこともあるんだから。私は覚えてないけど」

「お、覚えてないのか……？」

「記憶飛んじゃうからね。無意識でやっちゃうからね」

　いちいち記憶なくさないと気が済まないのか。

「ひぃぃ怖ぇぇ！　記憶なくなるの怖ぇぇ！　悪かった許してくれぇ！」

だからなんでおまえは信じちゃうんだよ。どんだけ良い客なんだよ。

「えへえへ……うたみん楽しそう……」

「楽しそうなのか、あれ」

ＧＷ初日のショッピングモールでの時間を経て、なんだかんだ宇民は俺たちのノリに慣れたようだ。一触即発な場面もあったカエラとも普通に会話をしている。驚くべきことにＧＷ中、カエラ・遊々・宇民の三人で女子会までしたらしい。

遊々や宇民と共にサッカーをしているこの状況がもう感慨深い。

ふたりともついこの間まで、木の陰から覗《のぞ》いていただけだと言うのに。

「……ん？　あれ、小森《こもり》先生か？」

「あ、ホントだ」

遊々や宇民もかつて隠れていた木の下に、我らが一年Ｂ組の担任、小森先生が立っていた。

彼女は堂々と、俺たちを観察している。

「何してんだ、あんなところで」

「通りかかったんじゃね？　おーいせんせー！」

カエラが手を振ると、小森先生は笑顔で手を振り返す。そして校舎の方へ戻っていった。

「…………」

なんだろう。あそこから誰《だれ》かに見られていると、また何かが始まる気がしてならない。

直感とはバカにできないものだ。

気のせいかな、なんて思っていることは、大抵気のせいではないのである。

「上田《うえだ》くん。すみませんね、わざわざ」

「いえ、大丈夫ですけど」

俺は放課後、小森先生に呼び出されていた。進路指導室なるものに入ったのは人生初だ。

「上田くんとこうしてふたりで話すのは初めてですね」

対面に座る小森先生は優しく微笑む。一見ボーッとしているが意外にも体育教師。スポーツ万能だがやけに物腰が柔らかく、男女問わず生徒から人気の先生だ。

しかし正直俺は、入学当初からこの先生から曲者《くせもの》の匂《にお》いを感じ取っていた。うまく言えないが、あまり信用してはいけない気がする。

「一応言っておきますが、上田くんが悪いことをしたから呼び出した訳ではないのですよ？むしろその逆です」

小森先生は丁寧な口調で語る。

「七草《ななくさ》さんと宇民さん。クラスに少し馴染《なじ》めていなかったふたりと、仲良くしていますよね」

「まぁ……でも俺だけじゃなく、カエラと徒然もですよ」

「ですが七草さんや宇民さんと交流を持つ起点となったのは、上田くんですよね？」

「……そういうことになりますかね」

そのことに気づいている人間は、カエラと徒然以外どれだけいるのだろう。

この先生、意外とよく見ている。

「上田くんはB組において、人と人とを結ぶ架け橋になっているのでしょう。そんな上田くんにお願いごとがあって、呼び出したのです」

「…………」

ここまで丁寧に前置きをされると、頼みが何なのか、ぼんやり分かった気がした。

「三井《みつい》くんのことを、気にかけてあげてほしいのです」

「……ですよね」

B組にはもうひとり浮いている生徒がいる。三井龍虎《りゅうこ》。何の因果か俺の前の席の男子だ。

「もちろん友達になってほしいとか、無理やり仲良くなってほしいとは言いません。それほど不自然な関係はないですからね」

「そうですね」

「ただ、三井くんがひとりでいるせいで困っている場面があったら、力を貸してあげてほしいのです。勝手なお願いで申し訳ないのですが、上田くんにならできると思いまして」

なぜ俺が。担任なんだから先生が何とかすればいいじゃないか。

そう感じたものの、同時にそりゃ無理だよなぁ、とも思う。

教室の中で起こる問題の九割は、生徒同士で解決するのが一番だ。そこへ大人がしゃしゃり出ると、あらぬ方向へねじ曲がる危険もある。ただ大抵の問題は生徒同士では解決できない、というかしようとする気がないから、大人が介入する他ない。教師とは大変な仕事だ。

と、心では分かっているが、やはり面倒なものは面倒だ。

「いやいや、僕なんかに頼らなくとも、小森先生なら上手《うま》くやれるんじゃないすか。クラスのみんなから好かれていますし、ねぇ？」

ここで、小森先生は予想外の反応を見せた。

珍しく顔から笑みを消したのだ。静謐《せいひつ》な表情で見つめられ、俺は思わず息を呑《の》む。

「上田くん、よく聞いてください」

思わず背筋が伸びる。小森先生は真剣な声色《こわいろ》で告げた。

「先生は真面目《まじめ》系クズです」

「……はい？」

聞き間違いだろうか。かなりヤバいカミングアウトが聞こえたような。

「確かに私は体育教師のわりに穏やかな口調と優しい表情がギャップとなって、そこそこ人気があります。ただ、それだけです。印象操作で表面的には良い教師を演じていますがその実、中身はスッカスカです。虚無なのです」

「何を言ってるんですか？」

小森先生は無表情のまま。まっすぐな瞳《ひとみ》が逆に怖い。

「先生は大学生までバレーボールに打ち込んできました。それはもう死に物狂いで、来る日も来る日もボールを追いかけていました」

頼んでもいないのに、先生の過去編が始まった。

「しかし社会人になり、競技から足を洗った途端に思ったのです。なんかもう頑張りたくないなって。そもそもバレーをやっていた時も、サボることばかり考えていました。怪我《けが》をしたとウソをついて皆が練習をしている最中に食べるハー◯ンダッツは格別なんですよ」

「いや、知らないですけど……」

「だから私は、私が動くことが最善でない場合は、極力動きたくないと考えています」

「教師としてどうなんですか、それ」

「それと、ここぞという場面で気の利《き》いた台詞《せりふ》を言うフィクショナルな教師像も、捨ててください。私には無理です。私、絶対に良いこととか言わないんで」

ものすごい先回りされて、変な宣言をされてしまった。

やべー。高校最初の担任ガチャで、超弩級《ちょうどきゅう》の変人を引いちゃったなぁ。

「そもそも、先生が生徒にそんな暴露して良いんですか？」

「だって上田くんは、勘づいていたでしょう。私がただの気の良い教師でないこと」

小森先生は平然と告げる。確かに、曲者だろうとは睨《にら》んでいた。

「観察眼のある人は遅かれ早かれ私の正体に気づきます。そしてそういう人には早めに明かした方が都合良いと、私は経験上知っているのです」

真面目系クズなりの経験則らしい。

「ただ自分の生徒に告白したのは、教師生活四年目にして初めてです。思ったより赤裸々に語ってしまったことに、私自身静かに驚いてます。若干後悔もしてます」

「なんで言っちゃったんですか……」

「上田くんのドン引きしてる顔が面白《おもしろ》くて、つい」

なんかだんだん腹立ってきたな。

「それに上田くんは、私のことをわざわざ言いふらしたりはしないでしょう」

「分かりませんよ、それは」

「分かりますよ。上田くんは自分の中の正しさで動く人であり、何よりコミュニティの中での自分の役割に気づいている人ですから。言いふらしたところで何の生産性も無いと分かってるでしょう。そういう人は信用できます」

「…………」

自分の中の正しさで動き、自分の役割に気づいている。これは確かに頷《うなず》ける。

ある意味で俺が目指す陽キャのあり方そのものだ。

「……あれ？　もしかして私、良いこと言っちゃってます？」

「大丈夫です。そこまでじゃないです」

どうしても良いことは言いたくないらしい。

「では本題に戻りましょう」

そして俺と小森先生は、今再び話題を戻す。

クラスでただひとり浮いている、三井龍虎について。


「龍虎くーん、今日も暗いねー」

本日の体育はA組との合同授業。徒然がまたもバスケの概念を覆すプレーで暴《あば》れている試合をボーッと見ていた時だ。少し離れたところから、そんな声が聞こえた。

声だけならフレンドリーだが、その文言は不快なニュアンスが感じられる。お隣A組のチャラい男子三人が、ひとりで佇《たたず》む三井龍虎の周りを取り囲んでいた。

「あ、うん　橘《たちばな》くん……ごめん……」

「その長い前髪がダメなんだよ龍虎くーん。俺が切ってあげようかー？」

「おいおい坊主にする気か橘ー、可哀想《かわいそう》だろー」

「大丈夫大丈夫、よく切ってるし。うちのタローの毛をさ」

「それお前んちの犬だろー！」

ギャハハと下品な笑い声が飛ぶ。三井は三人を前にオドオドとしているだけだ。

三井龍虎はひどく内気でうつむきがちな男子だ。色白で細身、身長は一六〇センチと小柄。髪は肩まで伸び、前髪は目が見えないほど長い。声も小さく常にオドオドしていて、休み時間はよくひとりで読書をしている。

性格の悪い陽キャから見れば、格好の標的だろう。

B組で三井にちょっかいをかける人間は今のところはいない。孤立しているだけだ。ただA組の橘とかいうチャラ男はこうして三井を見かけるたびにバカにしている。同中のようで、きっと中学の頃からこの不健全な関係は続いているのだろう。

たまにわざわざB組まで来て三井にちょっかいかけることもある。俺も何度か後ろの席から見ていて不快に思っていた。

「はい、選手交代してください」

審判をしている小森先生の合図で、試合に出る選手を総入れ替えしていく。A組のチャラ男たちは試合に出るらしく、三井の元から離れていった。俺と三井の出番はまだ先だ。

「………」

ふと、小森先生と目が合った。

彼女はニッコリと微笑むだけ。その意味のない笑顔が、逆に意味深に感じる。

『上田くんも正直、気になってはいるんでしょう。三井くんのこと』

昨日の小森先生との会話の続きだ。

『……まぁ、はい』

『なら、上田くんが思う最も自然な状態に落ち着くことができれば、それはとても素晴らしいことだと私は思います。無論私も助力を惜しみません。何かあればおっしゃってください』

俺の思い描く理想が最善になるとは、だいぶ信頼されてしまっているようだ。あるいは気分良く乗せられているだけかもしれない。

ただ、なりたい陽キャになるには、ここは乗せられておくべきだろう。

『あれ、もしかして私、良いこと言っちゃいました？』

『大丈夫です。そこまでじゃないです』

回想を終え、深呼吸。試しにひとつ、アクションを起こしてみる。

「よっ、三井くん」

「え、あ、う、上田くん……」

体育座りする三井に声をかけてみる。出会ってすぐの遊々のような反応だ。

「さっきの奴ら、中学の同級生？」

「あ、う、うん……」

「ウザいと思ったらさ、言い返すか、無視するかした方がいいぞ。あんな奴《やつ》ら」

助言すると三井は顔を上げ、長い前髪の隙間《すきま》から俺の目を見つめる。

「……でも、あの……」

「ん？」

「いや……なんでもない」

「…………」

俺がいま三井に対し苛立ちを感じている理由は、返答が曖昧だから、だけでない。

三井は、顔立ちはかなり良いのだ。

相当な美少年で、わずかに覗いた瞳と目が合っただけで男の俺でもドキッとしてしまう。

ムカつくのは、その素材を生かそうとしていないから。少し髪型に気を遣って、ハッキリとしゃべれば、すぐ皆に愛されるだろう。味方も増えるだろう。アホほどモテるだろう。

その顔面偏差値の高さがあればきっと、俺のしてきた半分以下の努力で、陽キャの仲間入りできるのだ。なのになぜ。

同性だからだろうか、遊々や宇民相手には感じなかった憤りが、三井には湧《わ》き立つ。

「……まぁ、何か困ったことがあれば言ってよ。せっかく前後ろの席なんだしさ」

ただそれでも、俺はこれからも三井に手を差し伸べ続けるだろう。

なぜなら俺は陽キャだから。橘のようなクソ陽キャではないのだ。

「……ごめんね」

ふと、三井はか細い声で言う。なぜに感謝でなく謝罪なのか。言葉の続きを待つ。

「……上田くん、僕の後ろの席だから、ウザいよね……」

「え、なんで」

「た、橘くんと、僕とのやり取り……見ててウザいよね……本当にごめん」

自分が被害者なのに、周りを気遣うなんてどうかしてる。

そんなことを思わせてはいけない。

「何言ってんだ、そんなの……」

「ぼ、僕のせいだよね……」

「いや、そんなこと……」

「僕の顔が良いばっかりに……」

「……ん？」

なんだろう。今ありえない文言が聞こえたな。

「顔が良いせいで、みんな僕を攻撃するんだよね……そのせいで周りに迷惑かけて……」

「……ほう」

「こんな顔に生まれてこなければ……本当にごめんね……僕の顔が良いせいで……」

頭を抱える三井。俺はニッコリと、微笑みを絶やさずに相槌を打った。

立ち上がり、ぐーっと伸びをする俺。体育館の二階の窓から差し込む陽光を見つめながら、心で思うのだった。

どうしよ〜〜〜、俺こいつ嫌いかも〜〜〜〜っっ！

＊＊＊

休み時間、トイレに向かう廊下の途中で宇民と遭遇する。

「お、宇民、ちょうど良いところに」

「な、何？」

最近の宇民は、俺と話す時にはなぜか少し後退りする。

「来週から中間試験だろ。だから一緒に勉強しようぜ」

「えっ……」

「頼むよ。今回特に英語が自信なくて」

「え、えっと……ん……」

何かモニョモニョと言いながら、目を泳がせる宇民。手始めに罵倒されると踏んでいたが、どうやら好感触らしい。あと一押しだ。

「頼む。優秀な宇民からしたら何のメリットもないけど、俺には宇民だけが頼りなんだ」

「!?」

この言葉が効いたか、宇民は口を尖《とが》らせながらも小さく頷いた。

「し、仕方ないわね……いいわ」

「マジか、さんきゅー！」

「それで、どこで勉強するの？　まさか家とか……？」

「とりあえず今日はファミレスで。五人も入れるところは限られるしな」

「……五人？」

「うん、いつもの五人。ついさっき話してたんだ。みんなで試験勉強しようって」

ふと、宇民の顔が不思議な色を帯び始める。いやに静穏で冷たくも感じる。

「どうした宇民？　顔色が……」

「……は？　別に普通だけどぉ？」

ニッコリと笑う宇民。その表情とは裏腹に、体の一部がなにかを訴えかけている。

「宇民？　俺の足踏んでますよ？」

「へーそう？」

「いや痛い痛い……何してんの、ねえ？」

「べっつにーーーー？」

「ど、どうし……あだだだだ！」

夕暮れ時のファミレス。賑わう店内に、宇民の呆《あき》れる声とカエラの情けない声が響く。

「もう、アンタはそろそろひとりでやりなさい」

「だって分かんないちー、分からないもんはいくら考えても分からなくねー？」

「考えても分からない問題なんて、少なくとも高校英語にはない！」

「え、何それ名言？　カッケェ」

カエラは宇民の隣にぴったりくっつき、ほぼマンツーマンで勉強を教わっていた。

「カエラ、宇民にも自分の勉強があるんだから、あんまり迷惑かけるなよ」

「へーい、橋汰《きょうた》せんせーい」

一応釘を刺すとカエラは軽く返事。だが宇民は、フォローしたはずの俺に鋭い眼光を送る。

「なんで睨むんだ、うたみん」

「おまえがうたみん言うな！」

テーブルの下から蹴《け》りを入れられそうになったが、宇民の足の短さでは届かず。ピコピコと届きそうで届かない爪先が上下していた。

「ガルルルル！」

「うたみん、なんか今日めちゃめちゃ機嫌悪いねー。はい、甘いもん食べなー」

カエラがソフトクリームの乗ったスプーンを差し出す。そんなことしたら余計に怒るだろ、と思っていたら宇民は「あむっ」と一口。食うんかい。

「きょ、橋汰くん、ごめん……ここ」

「お、なんだ遊々」

カエラ&宇民の向かいの席に座るのは、通路側から順に徒然・俺・遊々。

数学に関しては、遊々は苦手で俺は得意。なので教えてやっている。

「因数分解か。たすきがけって授業で習っただろ。こいつの係数が5だから、かけて5になるには……遊々？　こっち見て？」

「み、見てるよ、えへ」

「いや俺の顔じゃなく、ノートを見てね？」

大人しく説明を聞いてくれるのは良いが、遊々はノートでなく俺の顔を見つめてくる。解説をする俺の横顔を、ぽーっとしながら見つめてくる。何の時間なんだこれは。

「あ、分かったかも……」

俺の顔面から一体何が伝わったのか。

「えへ、橋汰くん教えるの上手だし」

「遊々も飲み込みが早いから、教え甲斐《がい》あるよ」

「えへっ、えへへっ、ありがとう……」

そして当然のように近い。もはや肩が触れ合うのは当たり前。ピンク髪から漂う甘い香りが俺の集中力をじわじわと削《そ》いでいく。

事実上フった男がこんなこと思うのは憚《はばか》られるが、こいつどんどん可愛《かわい》くなっている。

「ガルル……ふしゅううう……」

なんて邪《よこしま》なことを思っていると、正面から威圧。

俺と遊々を監視する宇民は人間の言葉を失っていた。つまりは「遊々に近づくなゲスが！」ということらしい。相変わらずピコピコとその足は空を切っている。

「カエラ、あとで席交換してくれよ」

「えー橋汰、アタシとうたみんの仲を引き裂く気ー？」

「アホ。俺もうたみんイングリッシュを教わりたいんだよ。いいだろ宇民？」

宇民は途端に顔を赤らめる。そして意気揚々とした声で、言い放った。

「う、うたみんイングリッシュって何よ！　まぁいいけど！　カエラ、アイス！」

「へい」

「あむっ！　もう　口！」

積極的に、カエラに餌付けされにいく宇民であった。

ちなみにもうひとり、徒然はというと。

「おまえらダメだなー。テストってのは自分の実力を計るためのものなんだぞ。人に教えてもらってどうする」

「まぁ一理あるな。時に徒然」

「なんだ、橋汰」

「なんでおまえはこの場でひとり、宴を催してるんだ?」

徒然の目の前には教科書もノートもない。

あるのはピザにポテトにコーラにゲーム機と、大はしゃぎセットである。

「バカだなー橋汰、ファミレスはピザを食べてコーラを飲む場所なんだぞ」

「それはそうだが……おまえは勉強しなくていいのか?」

「赤点回避できればいいんだから、勉強なんて前日からで良いだろ。コスパ考えろよ」

「そうか……最後にひとつ。じゃあなんでおまえは今日、ここにいるんだ?」

「俺だけ仲間外れにしようったってそうはいかねえぞ!」

もはや何も言うまい。

俺は優しい微笑みを見せる、ただそれだけだった。

「ていうかあんたピザ臭いのよ!　せめて匂いが出ないもん食いなさいよ!」

「何だと宇民!　匂いが出ないもんってなんだ!」

「白米でも食ってろ!」

「ふざけんな!　ご飯は良い匂いだろうが!」

「徒然ー、ピザ一切れプリーズ」

「ダメだ!　俺のピザに触るな!」

「ピザ臭いだって、えへえへっ、ピザ臭い、えへへへっ」

「遊々はどこでツボにハマってるんだよ」

勉強会という名目でも、意味はない。俺たちの放課後はいつも通り賑やかに過ぎていく。

「………」

こうしていると、余計感じてしまう。

三井龍虎がここに加わっている絵が、まるで想像できない。

こんな状況であっても、不思議と三井のことが頭に浮かんでいる。その事実に俺自身、理由を見つけられないでいた。


「みんなさー、試験終わった後の楽しみとかありゅー？」

全員で甘いものを食べ、休憩中。カエラがこう問いかけると宇民は呆《あき》れるように笑う。

「まだ一週間以上も先のことなのに」

「えー、でも終わった後に何するんだーって想像すると捗《はかど》らん？」

それに真っ先に答えたのは、勉強もしていない徒然である。

「俺あるぜ！　めっちゃ楽しみな試合があるんだ！　ド深夜だけどフルで観戦するぞ俺は！」

「徒然は一夜漬けなんだろ？」

「一夜漬けでも頑張りは頑張りだろうが！」

言い出しっぺのカエラも続く。

「アタシは海外ドラマー。ちょーぜつ面白そうなの見つけちゃってさ。ぶっ続けで見る！」

続いてカエラが遊々と宇民に振る。遊々は照れくさそうに、宇民は熟考した末に語った。

「わ、私は漫画とアニメ……今週と来週分の新刊、読まないでとっておくし……えへ」

「私は特に決めてなかったけど……漫画喫茶で半日くらい過ごしたいかな。読みたかった漫画の導入を片っ端から読みたい」

「おまえらインドアだなー」

「アンタもでしょが。そしてアタシもだよ」

遊々と宇民のオタ活予告に、カエラと徒然は平然と反応。徒然が少しイジっただけだ。

なんて、俺はなにを気にしてるのか。

「それで、橋汰は？」

「え……」

とっさに俺は、用意していた回答を忘れてしまった。遊々と宇民の答えにつられ、頭に浮かぶのはラノベや漫画やアニメのことばかり。でもそれは、もうできない。

「……俺は、うーん、なんだろう……」

「なんだよ橋汰おまえ、無趣味かよー」

曖昧な回答をする俺を徒然は笑う。するとカエラが「そういえば」と俺を見る。

「橋汰って映画とかドラマとかいろいろ見てるイメージあるけど、ダントツでこれが好きってもの、あったっけ？」

涼しい顔して鋭すぎる質問である。背筋に冷や汗が流れる。

「確かに。さては橋汰おまえ、ミーハーだな？」

「は、はは……そうかもな」

ミーハー。それは俺が最も嫌いな言葉だった。頭の中では嫌なノイズが響く。

確かに、俺の陽キャ的な知識はほぼ春休みに身につけた付け焼き刃だ。映画など面白い作品との出会いもあったが、唯一無二と言えるものはない。

考えてみれば、ラノベや漫画を読み漁っていた頃の方が充実感はあったように思う。

これは少し、心がざわざわとする。

まさか俺は陽キャになったことで、人として薄くなってしまったのだろうか？

「ミーハーといえば、美術の猪田《いのだ》先生がさー」

「てかアンタら、そろそろ勉強しなさいよ」

カエラと徒然は美術の猪田先生の話を展開。宇民はテキストを進め、遊々は全員を楽しそうに観察している。話題が変わり、俺はホッと一息。

しかしふと、窓の外に目を向けた瞬間だ。トラブルのタネを発見してしまった。

「…………」

ファミレスの前の通りにいるのは、三井龍虎とA組のチャラい男女五人。

この距離では彼らの表情は分からない。しかし普段の彼らの関係からして、どんな状況か容易に想像できる。また三井が絡《から》まれているのだろう。

『ごめんね、僕の顔が良いせいで……』

思い出すだに腹が立つ、三井の発言。出会ってから累計五分も話していないが、これだけで面倒な奴だと分かる。正直もう、関《かか》わるのさえしんどい。けれど……。

「……仕方ねぇな」

「ん？　どうしたの橋汰」

「なんでも。おい徒然、ちょっと付き合え」

「ん、なんだ連れションか？」

カエラと遊々と宇民が首を傾げる中、俺は徒然を連れて席を立ち、店の外へ出る。

「おい、トイレは店内にあるぞ」

「いいからついてこい」

そうして俺たちは三井とA組の奴らの元へ歩み寄って行く。

俺はひとつ深呼吸し、絡む。

「あれー、三井くんじゃゃん！」

わざとらしくならないよう声をかけた。するとA組の奴らは、バツの悪そうな顔をする。

「ゲッ、小笠原《おがさわら》……」

徒然へ面倒くさそうな表情を浮かべる橘。対して徒然は陽気に反応する。

「おお橘じゃん！　何してんだこんなところで」

「なんでもいいだろ」

「おいおい冷てえな！　中学時代は削りあった仲だろ！」

橘も徒然と同様にサッカー部だったらしく、同中ではないが顔見知りらしい。

「あれ、三井も一緒か。仲良いのか？」

徒然は三井と橘らとの関係に気づいていないらしい。とんでもなく鈍感な質問だ。

「……あぁ、まあな」

「そいつ俺の隣の席なんだよ、な？」

「え、あ、うん……」

無知とは恐ろしく、そして時に良き方に働くものだ。

「……ねえ、そろそろ行こー」

気まずい空気を察してか、ギャルのひとりが告げる。そうしてA組の奴らは三井を残して、さっさと消えていった。

「三井くん、大丈夫か？」

「う、うん……」

彼らがいなくなっても三井は俯《うつむ》いたまま。そして徒然は、またも能天気な表情。

「何が大丈夫なんだ?」

「いや、気にするな。おまえはそのままでいてくれ」

「おう! よく分からねえけど、俺はいつでも俺だ!」

人類が皆このメンタリティだったら、争いなんてなくなるのにな。


ファミレスでの勉強会を終え、共に帰路に着くのは三人。

カエラは親が車で迎えに来ていた。徒然は勉強会が終わる前に「腹減った」と離脱した。

なので駅までの道を共に歩いているのは、遊々と宇民と自転車を転がす俺。

「アンタは自転車なのに、なんで歩いてんの?」

「いいだろ別に。駅まで一緒に歩きたかったんだよ」

「い、いいけど……」

「えへ、えへ」

ふと、俺はカバンをまさぐる。

「忘れるところだった。遊々、これありがとう」

「あ、読み終わったし?」

「うん、二十一巻まで読んだよ。マジ面白いわ。ドラマ以降はこんな感じだったんだな。二十一巻もすげー気になるところで終わったし」

「えへっ、二十二巻は来週発売だし」

「あ、そうなんだ。遊々が読み終わったら貸してな」

「うん！　えへへっ」

数週間前から少しずつ借りていた『パン恋』。少女漫画はあまり読んだことなかったが、ドラマ化しているだけあってかなり面白かった。

パン恋で盛り上がる俺と遊々を、宇民は口を尖らせながら見ている。

「宇民は読んだことないのか？」

「ない……けど、読もうかな」

「え、うたみん、前はいらないって……」

「き、気が変わったの！　テスト明けに貸して！」

「うん！　えへへへへ！」

パン恋仲間ができてご満悦の遊々である。

「う、うたみん、昨日のガリドラ見たよ」

「あー六話ね。私はまだ見てない。というかちょっと冷めてきちゃった」

「え、うたみん、原作大好きなのに」

「バトルとかギャグのテンポが好みじゃないんだよねぇ……声優さんは良いんだけど」

ガーリック・ドラゴン・メランコリー。今季放送中の漫画原作アニメだ。俺も漫画を読んでいたが、今では妹に譲ってアニメも見ていない。

アニメは原作ファンからはイマイチなのか……って、何を喜んでいるんだ俺は。

「おまえら本当に漫画好きなんだな」

俺の一言に遊々は笑顔で、宇民は頬《ほお》を膨らませて反応。

「えへ、漫画もラノベもアニメも好き……えへ」

「何よ、アンタだって読むでしょ」

「え……いや俺は、あんまりかな」

「えーもったいなー。サブカルは日本の誇りでしょ」

「きょ、橋汰くん！　また何か漫画貸してあげるし！」

「じゃ、じゃあ私も、オススメ貸すけど？」

正直、俺は今でも無性にラノベや漫画を読みたくなることがある。アニメもギャルゲーも。別に休日家で楽しむだけなら誰にもバレないだろう。だが俺はまるで中毒経験者のように、それらを摂取することを恐れている。

またその世界に足を踏み込めば、ズブズブと沼に足を取られ、春休みから積み上げてきた陽キャになるための努力が水の泡になってしまうのではないか。そんな不安に駆られる。

ただ、遊々と宇民を見ていると――。

「うたみん、まほロク……」

「アニメ化するんだよねっ、ちょー楽しみ！　ジェイくん誰が演じるのかな！」

ふたりの方が自由に見えるのは、なぜだろう。


その翌日、あまり自由には見えない陰キャと遭遇。朝の昇降口に三井がいた。

俺を見つけた途端、三井は目線を外す。

「おはよう三井くん」

「あ……お、おはよぅ……」

昨日のお礼のひとつでも言ったらどうなんだ。とは思うが、もちろん言わない。

俺は三井の隣に並び、教室までの道すがら話しかける。

「三井くんって漫画とかアニメ好きだよね？　今やってるガリドラって見てる？」

仲良くない相手と会話を成り立たせるためには、まずは向こうの好きなジャンルで話を振るべし。コミュニケーションの基本だ。

「み、見てる、かも……」

なんだその曖昧《あいまい》な返答は。

「どのキャラが好き？　俺は二つの塔編から、リオがカッコよく見えてきたなー」

「……そ、そう……」

よしよし、なんとか会話は成立している気がするぞ。

と、そんな自負を嘲笑うかのように……三井は予想外の発言をする。

「ぼ、僕……」

「ん？」

「僕に……か、構わないで……」

まさかの拒絶。思わず息を呑んだ。

俺は一度心を落ち着け、ゆっくりと尋ねる。

「……どうして？」

「ぼ、僕といると……上田くんも絡まれるから……」

「三井くんは、そのままでいいの？」

「い、いいからっ……」

ほんの少し、声を荒げる三井。

不思議なのは、なぜこんなにも差し伸べられた手を振り払おうとするのか。

今の状況に満足なのか。そんなわけないだろう。あんなに辛《つら》そうな顔をしていたんだから。

一体何が三井をそうさせているのか。

「……なぁ三井。じゃあ最後にひとつだけ、聞いていいか？」

「……な、何？」

「三井が橘に絡まれる理由って、なんだと思う？」

「ぼ、僕の顔が良いからに決まってるでしょ！」

そこは絶対ブレないんだな。


今朝《けさ》の三井との会話。授業が始まっても頭の中で反芻《はんすう》されていた。

『僕に構わないで』

何だか、今になってイライラしてきた。あんな言い方があるだろうか。どんな事情があるか知らないけど、というかどんな事情があっても、その言い方はないだろう。

それに改めて……顔が良いせいでってなんだよ！　なんで顔だけ自信満々なんだよ！

百歩譲ってナルシストなのは良い。実際、美少年ではあるし。だが、じゃあなぜ顔が良いと自覚していて、人に好かれる努力をしない。

授業中も、目の前にある三井の頭。

その中では一体どんな考えが巡っているのか。俺にはさっぱり分からなかった。

意外と俺って気にしいなんだなぁと思ったのは、そうした三井の発言について、ほぼ半日も考えてしまったからだ。

放課後、俺はひとり中庭の自販機コーナーでしゃがみ込み、空なんて眺めながらバナナオレをすする。試験勉強しなければいけないのに、常に頭の片隅に三井がいる。

つい俺は、ひとり愚痴をこぼしてしまう。

「……しんどいなぁ」

「ホントだにぇー」

独り言のはずが、返事が返ってきた。驚いて振り返ると、そこにはカエラがいた。

「び、びっくりした……」

「にゃははー、実は教室を出た時から尾行していたのじゃ」

「怖えよ……てか、なんで？」

「いやー、なんか今日の橋汰はずっとしょぼりん丸だったから、気になっち」

「しょぼりん丸だったか、俺……」

つまりは思い悩んでいたことがバレていたらしい。

そして驚くべきことに、カエラはその原因すら知っていた。

「三井くんのこと、やっぱり気にしてるんだ」

「……いや、さらっと言うけど……なんで分かるんだよ。まさか心が読めるのか……？」

「ふふふ、そうなのじゃ。アタシはメンタリストなのであーる」

と、ひとしきり乗った後で、カエラはあっさり告げる。

「なんちて。本当は、見ちゃったんだ。今朝の昇降口での、橋汰と三井くんの会話。なかなかにバチッてたねぇ」

見られていたのなら仕方ない。俺はつい、弱音を吐いてしまう。

「余計なお世話なのかな。でも三井が今の状況を良しと思ってるとは考えにくいし……」

「まぁね。A組の橘とかウザちーよねぇ」

「でも、三井からアレだけはっきり拒絶されたら、流石にへこむわ」

カエラは俺の隣にしゃがみ込むと、じっと見つめてくる。

「てかそも、橋汰ってなんでそんなに三井くんのこと気にしてるの？」

何を言うのかと思ったら、本当にそもそもの話だった。

「三井くんだけじゃなく、遊々とかうたみんも。なんかやけに気を配ってね？」

「前も言ったろ。クラスで浮いている奴がいたら、普通気になるだろって」

「そうなんだけどさ。間違ってたらごめんちだけど……橋汰のそれって、なんか義務感みたいなのを感じるんだよねぇ」

「…………」

「気負ってるというか、あんま自然じゃない感じ。もちろん言ってることもやってることも、めち良いことなんだけどね」

俺は、静かに衝撃を受けていた。

カエラの意見はふわふわとしていながらも、的確に俺の弱みを突いてきている。

なんて正しく、残酷な観察眼だろう。

「ごめん、なんかうまく言えないちゃんだわ。忘れて」

「いや、分かるよ。なんであいつらを気にしてるのか、俺の中では理由もはっきりしてる」

いずれはカエラたちに言おうと思っていたことだ。風の噂《うわさ》で耳に入れられるくらいなら、俺から言った方が良いだろう。

心臓がバクバクと鳴る中、俺はついに告げた。

「俺さ、中学の頃まで陰キャだったんだ」

「……え？」

あぁ言った。言ってしまった。

後悔が体を駆け巡る。カエラはまっすぐな瞳で、次の言葉を待っていた。

「暗くて偏屈で、友達を作ろうともしないから、クラスじゃ常にひとりだったんだ。でもそんな自分が嫌で、変わろうと思った。その結果が今なんだ」

「…………」

「だからこそ、三井とかみたいな孤立してる奴らは、どうしても目で追っちゃって……なんとかしたいって思うんだよ。元陰キャとしてさ」

言いたいことは言った。だがまだ腹の中に、どっさり重い物を抱えているような感覚だ。

カエラはどう思うだろう。彼女の真顔が怖く、感想を聞くよりも早く俺は尋ねてしまう。

「……どう？　引いた？」

果たしてカエラはなんて言うのか。「そんなの気にしないよ」と宥《なだ》めてくれるのか。はたまた引いてしまうのか。幻滅されるのだろうか。あらゆる予想が頭を駆け巡る。

緊張の中、カエラが見せた反応は――。

「……いや、そんな元犯罪者です、みたいに言われても……」

盛大に、呆れていた。

「え……」

「なぜに橋汰が元陰キャだからって引くんよ。そもアタシは人を陰キャ陽キャで区別してないし。そうやって勝手に線引きするの、よくないよ」

正論だ。これ以上なく、カエラは正しいことを言っている。

ただその言葉は、陽キャだから言えることではないだろうか。

「でもさ、カエラはひとりぼっちになったこと、ないだろ？」

「え？」

「白い目で見られたり、逆にいない者のように扱われたり……そんな経験ないだろ？」

「…………」

「同じような辛い経験をしてきたからこそ、分かってあげられることもあると思うんだ」

カエラのまっすぐな意見を否定するつもりはない。ただ陰キャの心を理解し寄り添う人間がいても良いはずだ。

だがそれでも、カエラは納得しない。

「んじゃ仮にアタシが陽キャだとして、アタシは陰キャの人の気持ちを、分かってあげられないの？」

「そんなことはなくて。元陰キャの俺の方が、より敏感に感じ取れるってだけだよ」

「……うーん」

「実際、遊々とか宇民に対しても気持ちを敏感に汲み取れたから、今があると思ってるんだ」

思ったよりも熱い議論になってしまい、少々恥ずかしくなってきた。

カエラは一度押し黙る。熟考に入ったようで、腕を組んだまま空を見上げて停止している。

そうして再び話し始めたカエラは、それでも俺を否定した。

「……んや、やっぱり違うよ、橋汰」

「何が？」

「橋汰が三井くんを気にしてるのはさ、元陰キャだからじゃなくて——優しいからじゃね？」

「え……」

思わぬ言葉に、ドキリとする。

カエラはその大きな瞳を、けして俺から離さない。

「なんつーか、ひとりぼっちでいる人を気にかけるって、たぶん誰にでもできることじゃない行動じゃん。それをなんで、元陰キャだからって理由をつけて、自分から卑屈になってるん？

そこがよく分からんち」

自分の頭でも整理できていないのだろう。カエラは難しい顔で、言葉を選びながら語る。

「橋汰の言う通り、同じような経験をした人同士で分かり合えることはあると思う。それはアタシも確かにって思った。もしかしたら私じゃ、ゆゆゆとかうたみんの心を、うまく開けられなかったかもしれないし」

「……………」

「でもなんでそれを、そんなに卑下して言うの？　実は元陰キャなんだって、なんで前科を告白するみたいに、アタシに嫌われたらどうしようって顔で言ったの？」

「……確かに、変だな」

「変だよっ、そんなの変！　よく分かんないけど、ちょーぜつムズムズした！　そしてなんかもうアタシもよく分からなくなってきたんですけど！」

カエラは最後には、頭をかきむしって呻《うめ》き声を上げる。どうやら彼女なりにその感情を言語化するのは、かなり難解なことだったらしい。

でも俺は、カエラの気持ちを理解できた。そして俺自身の間違いにも気づけた。

「ありがとう。なんていうか、魂入ったわ」

「ほんと？」

「うん。カエラはやっぱりカッコいいな」

カエラは「へへ、そう?」と照れくさそうに頰をかく。

「あ、でも、橋汰が変わったこと自体は否定しないよ。橋汰の中学時代は知らんちだけどさ、たぶん頑張ってイメチェンしたんしょ?」

「……あぁ、すげえ頑張ったよ」

「よしよし! 頑張ったちゃんだな橋汰!」

カエラは俺の頭をくしゃくしゃと撫で回す。

「やめろよ。ていうかワックス汚いだろ」

「確かにベタベタするー! ワックスなんてつけてくんなよー!」

カエラが思う存分頭を撫で終えたところで、俺は立ち上がり、紙パックをゴミ箱に捨てる。

「ちなみにさ、このスーパー橋汰になるまで、どんな努力したん?」

「んー、ファッシコンの勉強をしたり、しゃべり方を矯正したり。あと漫画とかラノベとかアニメに触れないようにした」

「えーなんでよー」

「そうしないと陰キャから卒業できないと思ったんだよ」

「なんそれー。別にオタクだから陰キャってことなくねー?」

「眩《まぶ》しいんだよ、おまえの意見は」

カエラは「なんだそれは! 悪口か!」と見当違いなことを言って肩パンしてくる。

「でもまぁ、なんかどうでも良くなってきたな。また観ようかな、アニメとか」

ここでカエラは、満面の笑みで告げる。

「じゃあ今度さ、橋汰の本当に好きなもの教えてね。人が好きなもののことを楽しそうに話してるところ見るの、大好きなんだアタシ！」

「はは、ああ分かったよ」

カエラと共に教室へ帰る道すがら、身体の中から心臓の音が鳴り止《や》まない。

もう、その目の動きや、言葉の節々さえ、愛おしい。

俺は、この子を好きになった自分に、誇らしささえ感じてしまっていた。

＊＊＊

いよいよ中間試験の週に入った。

高校に入って最初の試験。その初日が三日後に迫っているとあって放課後の教室には生徒が残っている。

俺と遊々も、隣同士で勉強していた。カエラは用事があり、宇民は塾、徒然はそもそも勉強する気がなく、それぞれ帰宅して行った。

「遊々って国語得意だよな。現文の記述問題を解くコツってあるのか？」

「あ、えっとね……」

俺と遊々は互いの得意分野を教え合い、切磋琢磨《せっさたくま》していた。

しかし夕日が傾き始めた頃、ふっと集中力が途切れてしまう。

「疲れたー。なんか甘いもの食べたいわ。ソフトクリームみたいな」

「ソフトクリーム……み、道の駅？」

「あぁ、ここからちょっと行ったところにあるな。じゃあ帰りに行くか」

「う、うん！　えへへっ！」

「じゃ、あと三十分くらい頑張ろう」

再び机に向かい出した、その時だ。

廊下から騒がしい声が近づいてきた。耳を澄ますと、澄まさなければ良かったと後悔。

「中間なんて、大して勉強しなくても楽勝だろ～」

「とか言って橘アンタ、赤点ギリギリなんじゃないの～？」

「んなわけねえだろ。このレベルでつまずく奴なんてバカすぎるだろ」

ボリュームを間違えた声量と、自慢なのかアピールなのか分からないバカな会話。

A組の橘らのグループだ。見れば見るほど、話を聞けば聞くほど、俺の嫌いな陽キャ像を体現してる連中である。反面教師あざーっすと、最近では思えるようになった。

さて無視無視……と意識から外そうとしたが、思わぬ言葉が聞こえた。

「龍虎くんもそう思うだろ～？」

つい廊下に目線が行く。ちょうど教室を通りかかる連中の中に、三井が交じっていた。

何をまた絡まれてるんだ、あいつは。

「じゃ龍虎くんも一緒にファミレス行こーな。大丈夫、奢《おご》らせたりしないから、たぶん」

「たぶんて！　キャハハハ」

そんな言葉をかけられる三井は俯き、わずかに怯《おび》えた様子。

するとその前髪に隠れた目が一瞬、ほんの一瞬だが、こちらに向く。

「……っ！」

俺と目が合うと、すぐさま逸らした。まるで逃げるように。

「…………」

はい知らない。

助けてやる義理はないし、向こうから俺の手を払ったんだから、罪悪感すら湧かない。

勝手にやってろ、もうどうでもいいよ。

――とは、ならないんだよ、俺は。

理由なんて考える必要はないけれど、あえて言うなら。

『――優しいからじゃね？』

優しいんだ、俺は。

「遊々ごめん。道の駅は、また今度でいいか?」

意外にも、遊々は驚かない。

俺の顔と廊下の方を交互に見つめたのち、ふにゃっと笑う。

「……うん。橋汰くんは、そうだよね」

「……あぁ、そうだ」

「えへへへ」

約束を反故《ほご》にしたのに、遊々はなぜか嬉《うれ》しそうだった。

そうして俺は教室を出て、三井らに近づく。

「おい、こいつ借りるぞ」

「……え?」

三井の首根っこを摑《つか》み、引きずり出した。

「な、なんだおまえ……おい待てよ!」

背中に浴びせられる声は無視。俺は踵《きびす》を返し、三井を引きずって来た道を戻る。

「う、上田くん……な、何……?」

「黙ってろ」

まず向かった先は職員室だ。我らが担任の小森先生は、メロンパンなんか食べていた。

突如現れた俺と三井、その組み合わせを見て、小森先生は意味深に笑う。

「おや、どうしたのですか上田くん」

「すみません、この前の部屋を借りたいんですけど」

「あぁ進路指導室ですか。いいですよ」

協力を惜しまない、みたいなことを言っていたからか、案外すんなりと借りられた。

鍵《かぎ》を受け取り、俺たちは進路指導室へ。三井は終始混乱した様子だ。

指導室を借りた理由はただひとつ。陰キャは、不特定多数の人間がいる場では周りの目と耳を気にして、あまり本音を言わない奴が多い。

逆に言えば、ふたりきりならなんでも話せる。

対面に座らせた三井へ、ストレートに尋ねる。

「三井、なんでおまえ、助けを求めないんだよ」

「ま、前にも言ったけど……上田くんも絡まれるから……」

三井はオドオドと答えた。

「ねぇよ。あんな奴らの標的になったとしても、俺の周りの奴らが黙って見ているわけない。俺の人望はそんなに薄くねえよ」

なかなか自信満々な発言だが、事実だ。特にカエラと徒然ならきっと助けてくれる。

「それだけじゃないだろ、三井。人に迷惑をかけたくないってだけで、差し伸べられた手を振り払うとは思えない」

「え……」

「理由があるなら言えって。言葉にされないと分からない。分からないと気持ち悪いんだ」

試験の前に面倒事を頭から取り除きたい、という自己中心的な願望も、多少あったりする。だって大事じゃん、高校最初の試験。

三井は黙ったまま。それでも俺は待った。言わなければここから出さん、との感情を込めた視線で牽制《けんせい》しながら、待ち続けた。

するとしばらくして、三井は俯いたまま話し出す。

「僕は……顔が良いせいで……」

またそれか……と思ったが、今回は少し様子が違う。

「顔が良いせいで……しょ、小学生の頃から、何もしなくてもみんなに話しかけられて……が、学校とか、親戚の集まりとかでも……」

「うん」

「で、でも……僕は話すのが苦手、だから……いつもみんなとうまく会話ができなくて……み、みんな、残念そうな顔したり、つまんない奴だなって、顔をする……」

「…………」

「そ、その顔がイヤで、怖くて……だから僕は、友達とか作らないようにしてるんだ……。ガッカリされるより、その方がいいから……」

なるほどと、合点がいった。

三井の口癖である「顔が良いせいで」は、彼にとっては本当に悩ましい問題だったのだ。

顔が良いという長所に思える特徴も、元来の性格と照らし合わせた時、必ずしも良い方向に機能するとは限らない。これは、当事者にしか分からないコンプレックスだろう。

「なら、会話術を上達させれば？　しゃべり方ひとつでも結構変わるもんだぞ」

「で、できない……僕は才能がないから……」

「そんなことはないだろ。例えばまず、ネガティブな思考から変えてみるとか」

「う、上田くんには分からないよ！」

突如、声が裏返るほど叫んだ三井。長い前髪の間から、潤《うる》んだ瞳が睨みつける。

「う、上田くんみたいに、誰とでも仲良く話せる人に、僕の気持ちは分からない！　上田くんみたいな陽キャが、僕みたいな陰キャの悩みなんて……絶対に理解できない！」

おや。何だか最近聞いた文言だな。

「いや聞けって。陰キャ陽キャとかは今、関係ないだろ……」

「い、いいよね根っからの陽キャは！　ど、努力なんてしなくても友達できるし……ぼ、僕なんかに目を向ける余裕だって、あるんだもんね！」

この瞬間、頭からプツーンッと音がした。

あ、ダメだこれ。

こいつ今、言ってはいけないことを言ったな。俺に対して絶対、言ってはいけないこと。

このクソガキ、もう我慢できねえ。

「誰が、根っからの陽キャだって？」

「……え？」

俺スマホを取り出し、アルバムをスクロールしていく。カエラや徒然と撮った陽キャな写真をかき分け、より古い写真を目指す。

そうして見つけた。もう見たくない、でも見なければいけない、この写真。

「見ろ」

「な、何……え？」

「俺だよ。つい数ヶ月前のな」

もっさりした髪、分厚い黒縁メガネ、世界を憎んでいそうな暗い瞳。

それは紛れもない、中学の卒業アルバムの個人写真だ。

「下に名前があるだろ、ほら」

「う、ウソでしょ……これが上田くん……？」

「こっちは修学旅行の写真な」

別の写真を開く。旅館での夕食時、周りがはしゃいでポーズをとる中、端にいる俺はひとりすき焼きと向き合っている。さながら団体客に混じって写り込んだ孤独のグルメの如《ごと》し。

「他にもあるぞ。これは運動会だろ。これは文化祭で、これは水泳大会」

次から次へ出てくる俺のヒストリー。ただここで俺自身の精神が多大なダメージを負い始めたので、一旦《いったん》ストップ。三井はまだ信じられないといった表情だ。

「ウソでしょ……上田くんがこんなクソダサくて、勘違い陰キャっぽいわけがない……！」

「………」

ぶん殴りそうになったが、堪《こら》えた。

「な、なんでこんな写真、スマホに入れてるの……？」

「忘れないためだよ。あの頃の辛さと、何より俺自身の努力を」

それが、今の俺を形づくっている、唯一無二のプライドだから。

「興味ない映画とかドラマを片っ端から見て、髪型とかコーデもゼロから勉強して、しゃべり方も無理やり矯正して、漫画とかラノベから距離を置いて……死に物狂いだったんだ」

「………」

「だから、今のおまえの言葉は許せねえんだ」

『い、いいよね根っからの陽キャは！　ど、努力なんてしなくても友達できるし……』

その言葉を受け入れてしまうと、俺の努力を全否定することになるから。

「俺は努力して陽キャになった……血ヘドを吐くほど苦しんで、やっとこうなったんだ！」

心のままの叫びが、弾《はじ》ける。

「だからそこらにいる、ぬるま湯に浸かり続けてきた生まれながらの陽キャとは、根性が違うんだよ！　よく覚えとけ！」

三井は茫然《ぼうぜん》としたまま。先入観を破壊され、大いに戸惑っていることだろう。

「それで、おまえはどうするんだ」

「……え？」

「陰キャは陽キャになれない。陽キャは陰キャの気持ちなんて分からない。そんなのがただの思い込みでしかないと分かった今、どうしたい？」

ここまでまともに目を合わせなかった三井が顔を上げ、そして震える声で呟いた。

「ぼ、僕は——変わりたい」

「うん」

「う、上田くんみたいに変わって、うまくしゃべれるようになって……と、友達がほしい」

「あぁ、できるよ。俺なんて、おまえなんかよりずっとクソ面倒くせえ陰キャだったんだ。だからおまえだって変われる」

目に涙を溜《た》める三井。俺は最後に一言、告げる。

「それに、もう俺たちは友達だろ」

「っ……」

「とは言わない」

「えぇぇ！」

三井は一転、目を見開いて仰天《ぎょうてん》していた。

「当たり前だ！　何の行動もなしに欲しいものが手に入ると思うな！」

「うぅ……じゃあ、どうすれば……」

「とりあえず今日、変われることがあるはずだろう。しゃべりは時間をかけて直していくしかないけど、見た目は変えられる」

「見た目……髪とか？」

俺は頷いてみせるも、三井の表情は再び曇る。

「で、でも僕、美容院が苦手で……」

「知らねえよ。なら自分で切れ。前髪くらいは自分で調整できるだろ」

「じ、自信ないよ……」

「イヤイヤ言うな！　顔は良いんだから最悪坊主になっても何とかなるわ！」

「か、顔の良さは関係ないでしょ！」

「あるだろ！　そんなにその顔がイヤなら交換しろボケェ！」

ついには嫉妬《しっと》が爆発《ばくはつ》してしまう俺であった。

「それに……髪を変えるだけでそんなに変わるの？」

「いるだろ、うちのクラスに。髪の色ひとつですべてを変えたアホが」

「あ……」

思い出す、あの日の衝撃。

突然クラスメイトがピンク髪になったあの時を、Ｂ組の連中は一生忘れないだろう。

「そうやって自分を変えて、ちゃんと橘に歯向かえ。そしたら味方する奴も増えるから」

「う、上田くんも、味方してくれる……？」

「するよ。信じろ。俺だってあいつら嫌いなんだ」

「わ、分かった……」

最後にこんなやりとりをして、俺たちは進路指導室で別れた。

別れ際の三井の瞳は、わずかながらに火が灯っているように見えた。


進路指導室の鍵を小森先生に返した頃には、もう陽も落ちかけていた。

完全下校時刻が近づき、生徒はほぼ見られない。俺は荷物を取りに教室へ向かう。

すると教室に、人影がひとつ。

「え、遊々？」

ピンク髪の少女が、ちょこんと席に座っていた。

「あ、きょ、橋汰くんおかえり」

「何してんだ、こんな時間まで」

「橋汰くん、戻ってくると思って……一緒に帰りたくて……えへ」

俺はつい、ため息を漏《も》らす。

「きょ、橋汰くん、どうだった……？」

「あー……ま、あとは野となれ山となれかな」

「えへ、野となれ山となれ……えへ」

オウム返しをして、なぜか愉快そうに笑う遊々。俺はその頭にポンと手を置く。

「へぇっ、な、何？」

「いや、やっぱりこの髪色、似合ってるなぁと」

「そ、そう？」

「うん。よくぞイメチェンしたなって感じ」

「えへへえへ……うん！」

そうして俺と遊々は、ふたり並んで教室を後にした。

＊＊＊

翌朝、教室に入る直前に既視感。クラス内が少しザワついている。

遊々によるピンク髪事変の時と、同じ雰囲気だ。

それには俺も思わずニヤける。おそらく三井が何か行動を起こしたのだろう。

あれほどの顔立ちなのだから、髪を整えるだけで教室がザワつくのも無理はない。きっと女子たちが放っておかないだろう。会話が苦手な本人は困るだろうが。かー憎たらしい。

さて、どんなイケメンに変身してるのかな。俺は教室に入り、すぐさま自分の席につく。

「三井、おはよう」

「っ……」

肩を揺らす前の席の三井。そうして振り返った、その直後——俺は椅子《いす》から転げ落ちた。

「み、三井、その髪……」

「う、うん……言われた通り、イメチェンしてみたんだ」

確かに、イメチェンしている。

三井は長い前髪を切るのでなく、なんとヘアピンで留めて横分けにしていた。

あらわになった大きな瞳、長いまつ毛、色白の肌に恥ずかしそうに染まった頬。

俺は心の中で叫んだ。

いや女子ッッ！　ていうか美少女ッッ！

「ど、どう？」

「どうって……まぁ似合ってるよ、怖いくらい……」

「ほ、ほんと？　良かった」

「でもなんでヘアピン……？」

「よ、陽キャの中には、こうしてる人もいるでしょ？」

「あー……」

「び、美容院に行くのは苦手だし、自分で髪を切るのも怖かったから……工夫した」

確かに前髪をヘアピンで留めているチャラ男はたまにいる。ただしそれはかなりの上級テクでイケメンでなければ悲惨なことになる、いわば諸刃《もろは》の剣《つるぎ》だ。

しかし三井の場合はまた別だ。なぜなら――美少女ッッだから。

そりゃクラスもザワつくわけだ。昨日まで地味な陰キャ男子だったのに、今日になって男装美少女になっているのだから。

クラスメイトの何人かは、三井に見惚《みと》れていた。

恐ろしいことに、男女問わず。

「ちょ、ちょっとアンタ、三井くんに何言ったのよ……」

俺より先に登校していた宇民が耳打ちしてくる。そしてカエラも。

「橋汰ちゃーん、アンタまさか、三井くんを自分の趣味に誘導したんじゃー？」

「そ、そんなわけねえだろ！　俺はただイメチェンをすすめただけで……」

「へ、変態……」

「違うんだ宇民！　その目をやめろ！」

大いなる誤解を生み始めている中、今度は招かれざる客が現れた。

「え、えええっ！　龍虎くんどーしちゃったのーっ？」

　A組の橘らチャラ男三人組。めざとく三井の変化に気づき、ズカズカと入ってきた。それには三井もビクッと震える。

「女の子みたいになって……これじゃリューコちゃんじゃん！」

「……可愛いな」

「本当に、可愛いな……」

　なんかチャラ男ふたりは目覚めかけているが、橘はバカにし続けていた。

　俺は、三井の背中をポンと叩《たた》く。すると彼は振り返り、潤んだ瞳で大きく頷いた。

「そうだ龍虎くん、今日こそ一緒に勉強しよーや。可愛いからお兄さんがパフェ奢って……」

「う、うるさい！」

　バンッと机を叩き、立ち上がった三井。橘は目を丸くする。

「は？」

「ちゅ、中学の時から、ず、ずっと……邪魔なんだよ！」

　ドンッ、と橘の肩をどつく三井。それには橘もひるんでいた。

「な、何だよ急に……」

「う、うるさい！　もう僕に構うな！」

　そして三井は心のままに、叫んだ。

「ぼ、僕の顔が良いからって嫉妬するな！　ざーこざーこ！」

なんか最後メスガキみたいになったが、思いの丈はぶつけられたようだ。

対する橘は目を見開き、言い返す。

「な、何だこの……っ！」

「そうだ、三井の顔が良いからって嫉妬してんじゃねえぞー」

そこへ俺も参戦。三井の後ろの席から罵声を飛ばす。三井は俺を見てグッと唇を嚙《か》んだ。

「は？　何だおまえ……」

「そうだそうだー、三井くんの顔が良いからって、ちょっかいかけるなーウザいぞー」

「男の嫉妬とか、ダッサ」

「ッ……」

俺の作った流れにカエラと宇民も乗る。すると他のクラスメイトたちも追随してきた。

「そうだ！　アンタらずっと目障りだったのよ！」

「三井きゅん……三井くんに関わるんじゃねえ！」

若干数名、目覚めかけている気がするが、味方が増えたので良しとしよう。

「くっ……お、おまえら……」

大いにバカにされた橘は、唇を嚙み締《し》めて悔しそうな表情だ。三井や俺たちに対して、野獣のように鋭い目つきを向ける。

そして、言い放った。

「何なんだよ！ いまさら龍虎くんの可愛さに気づいたくせに、偉そうに言うな！」

「……ん？」

「俺の方がずっと前から、中学の時から、龍虎くんと仲良くなろうとしてたのによ！」

おっと、だいぶ風向きが変わってきたな。

橘は顔を赤らめて吐露《とろ》。そんな彼に俺やクラスの面々は困惑。しかし仲間のチャラ男ふたりは全《すべ》てを理解しているかのように橘の肩に手を置く。

俺は思わず挙手して尋ねる。

「え、えっと……じゃあ橘はずっと、三井と仲良くなりたくて……？」

「そうに決まってんだろ！ じゃなきゃわざわざ隣のクラスまで絡みにこないだろ！」

「アプローチ下手すぎるだろ……」

本音を漏らすと橘はさらに激昂し、俺を指差す。

「おまえも！ 何度も邪魔しやがって！ 昨日だって勝手に龍虎くんを連れ出して……」

「そ、それは悪かった……のか……？」

もはや自分でもよく分からなくなってきた。

「まぁ、うん……なんかすまん橘……」

「くそっ……上田！ おまえ覚えとけよ！」

この状況では橘も退くしかなくなったらしい。俺を睨んだまま、ズコズコ出ていった。

するとは三井は、目をキラキラさせて俺を見つめる。

「う、上田くん、やったよ！　上田くんの言った通りイメチェンしたら、うまくいった！」

だいぶ斜め上なイメチェンだったけどな。そして結末はさらに斜め上だったけどな。

ここで三井は、なぜか顔を赤らめる。そして意を決した様子で、告げた。

「じゃ、じゃあさ、上田くん……」

「なんだ？」

「僕の、友達になって……？」

美少女（美少女）による、上目遣《うわめづか》いのお願いである。

いや告白ッッ！　圧倒的、告白ッッ！

やばいやばい傾いちゃう！　性癖が傾いちゃう！　なんだこの可愛い生き物！

「……ハッ！」

ふと、感じた灼熱の視線。ニヤニヤ笑っているカエラと「ふしゅううう……」と呟いているジト目の宇民。そして、教室の後方にも。

「ゴォォォォオオオ……！」

いつからいたのだろう、遊々は自慢のピンク髪を、思いきり逆立てていた。

「いや待て！　おまえらその反応はおかしいだろ！　三井は男……」

「ねぇ上田くん……良いでしょ？」

「お、おと、おごごご……」

「ゴォォォォォォ……！」

性癖急旋回負荷の影響で薄れゆく意識の中、俺は心の中で呟くのだった。

前略、陽キャに好きな子を寝取られた、あの日の陰キャな俺へ。

陽キャから、男の娘を寝取りました。

第四章

陰キャに優しい以前に人として徳が高いギャル

You-kya ni natta Ore no Seishun Shijo Shugi

「やってくれましたねぇ、上田《うえだ》くん」

「……どういう意味で、ですか」

またもやってきてしまった進路指導室。本日は教師（真面目《まじめ》系クズ）とふたりきり。

話題はもちろん、三井龍虎《みついりゅうこ》について。小森《こもり》先生はクスクスと笑う。

「もちろん良い意味で、ですよ。その証拠にお昼にお腹《なか》いっぱいになって食べられなくなった豆大福を振る舞っているじゃありませんか」

「かわいそうな豆大福を、どうも」

「返してください私の豆大福です」

「何なんだアンタ！　何がしたいんだ！」

小森先生は「半分こしましょう、半分こ」と言って豆大福を二等分。そして片方をもしゃもしゃ食べながら、話を続けた。

「よくやってくれました。三井くん、すっかりクラスに馴染《なじ》んでいるじゃないですか。最初にあの髪型を見たときはアホほどビビりましたけど」

「それはまぁ、俺《おれ》も予想外で……」

前髪をヘアピンで留めて、まさかの美少女化。本人はチャラ男のつもりだろうが、もはやどこに出しても恥ずかしくない立派な男の娘の完成である。

「一応聞きますけど、上田くんの性癖ではないのですよね？」

「当たり前です！」

「クラス内ではもっぱら、上田くん＝新たな性の開拓者と囁《ささや》かれているようですが」

「うそぉ……」

どうりで最近、クラスの一部から敬愛の眼差《まなざ》しを向けられると思った。

「それにしても、どんな方法で三井くんの心を開いたのですか？」

「……それはノーコメントで。あの時の俺は若干、感情的になりすぎまして……」

あの日、俺は三井をここに無理やり連れ込み、膝《ひざ》を突き合わせて語り合った。

しかし今思い返すと恥ずかしくもある。なんであの時の俺は、あんなに暑苦しかったのか。

俺の理想の陽キャはもう少しスマートなイメージなのだ。

でも結果として三井を孤独から引きずり出せたのだから、アレはアレで正解なのか？

「感情的、良いじゃないですか。たまには心のままに行動するのも良いですよ。理想的な自分を貫き続けるのは大変でしょう？」

「……理想的な自分、というと？」

実はうすうす勘付いていたことではあったが、明らかになる時が来たようだ。

俺の中学時代を知っている人が、このクラスにはひとりだけいたのだ。

「新入生のクラス担任。その最初の仕事は生徒たちの顔と名前を覚えること、そして中学時代の素行を調べることだったりします。中学の先生から話を聞いてね」

「あぁ、やっぱりそうなんですね」

「ええ。なので入学式の日に上田くんを初めて見た時、少しだけ驚き、大いに感心しました。そして同時に、危うさも覚えました」

「危うさ?」

「少し、窮屈ではないかな、と」

「…………」

「ですが、杞憂《きゆう》でしたね」

小森先生は穏やかに笑いながら、湯気の立つ緑茶を啜《すす》る。

実際俺はつい先日まで、理想的な自分、つまりは陽キャとして生きる中で窮屈さを感じ始めていた。カエラに諭《さと》され、龍虎と向き合ったおかげで解脱《げだつ》できたが。

もしかしたらこの人は、俺が窮屈さを自覚するよりもずっと前から、見透かしていたのか。

そう考えれば、実は良い先生なのかもしれない。

「あの小森先生、ありが……」

「あ、すみません。上田くんの分の豆大福も食べちゃいました。でも、手をつけていなかった上田くんにも責任はありますよね。はい私悪くない～」

うん、気のせいかな。

＊＊＊

中間試験が終わった。結果は平均七十五点。

宇民《うたみ》に英語を、遊々《ゆゆ》に国語を教わったおかげで予想よりも良い成績だ。

ちなみに総合点でいうと、宇民・俺・遊々・カエラ・龍虎・徒然《つれづれ》の順になる。

そんなこんなで訪れた安息の時。土曜日の本日、俺は午前中から部屋を掃除していた。

「きょーちゃんきょーちゃん、イオン行こうよ！」

小四の妹・小凪《こなぎ》が部屋に入ってきた。

「小凪、今日は友達来るって言ったろ」

「えー知らなーい！　きょーちゃん今日は小凪と遊ぶー！　あそばぶびぼベー！」

謎《なぞ》の言葉を発し、俺のベッドへダイブする小凪。

「友達って彼女ー？」

「どういう日本語なんだよ」

「むー、つまんないー！　きょーちゃんやっとテスト終わったのにー！」

「ちなみに明日も別の友達が来るからな」

「むーーーーむむむーーーっ！」

小凪は俺の足にしがみつき、噛《か》みついてきた。相変わらずウザ絡みには定評のある妹だ。

ここで、玄関のチャイムが鳴る。

「お、来たか。小凪は邪魔するなよ」

「むー、きょーちゃんの友達に挨拶《あいさつ》したい！」

そう言うので、ふたりで玄関へ出迎える。やって来たのは龍虎だ。

その顔面を目の当《ま》たり《あ》にした瞬間、小凪が叫ぶ。

「いや女の子じゃん！」

「おいやめろ言うな！」

「超可愛《かわい》いじゃ……むぐ」

ややこしくなりそうなので、ひとまず小凪の口を塞《ふさ》ぐ。龍虎は緊張した面持ちで俺の言葉を待っていた。

「おう龍虎。すまんな、これ妹」

「あ、そ、そうなんだ……」

小凪を居間に捨て、龍虎と共に俺の部屋へ向かう。

「ひ、広いね、橋汰《きょうた》くんの家……」

「あー、いわゆる本家ってやつでな。盆と正月はすごいぞ。アホみたいに親戚が集まって」

「へ、へぇ……」

「まぁ今日は親が旅行に行ってるから、伸び伸びしてくれ。妹はうるさいけど」

今日は龍虎とオタ活という約束で、ウチに呼んだ。特に内容は決めてないが、漫画にラノベにアニメとヒマすることはないだろう。

ちなみに明日は、カエラと徒然が来る。海外ドラマを一気見するらしい。

土日に友達を呼ぶとは、俺もなかなかのリア充になったものである。

「あ、ぼ、僕ミリウィチ全巻持ってきたよ」

「お、サンキュー読みたかったんだ。龍虎も本棚の読みたいやつ、勝手に読んでくれ」

部屋に入ってすぐ読書開始。テキトーにゲーム配信者の動画を流し、だらだらとスナック菓子を食べながら漫画を読む。いややっぱ最高だよね、天国だよね。

ちなみにオタ活とのことで、遊々と宇民も呼ぼうか迷っていた。ただ龍虎が緊張しそうなので今回は控えた。今日は男同士の付き合いなのだ。

「あっ……」

「ん？　ベッドがどうかしたか」

「い、いや……橋汰くんの匂《にお》いだなって……」

「………」

男同士、で良いよな。大丈夫だよな俺。傾かないよな性癖。確かに今日も龍虎は可愛いけど。肌が白くて足が細くて、ほんのり良い匂いだけど、大丈夫だよな俺、ふたりで部屋にいて。

「ちょっと暑いから、上着脱ぐね……」

いや大丈夫じゃないかもなこれ。

「きょーちゃん大変大変！」

その時、小凪がただ事でない様子で入ってきた。

「変な人がいる！　家の前に！」

「なんだそりゃ。変な人ってどんなの？」

「髪がピンクなの！」

「……ん？」

俺と龍虎は顔を見合わせる。なんだか身に覚えのある特徴である。

俺はインターホンで、恐る恐る玄関先の映像を見た。

「ひっ……」

遊々が、カメラをじっと見つめていた。

直後、スマホが震える。チャット画面にはメッセージが一行。

『龍虎くんがいること、知ってるよ？』

ー今日ー
龍虎くんがいること、知ってるよ？

こっわ。

遊々が家に来た。約束はしてない。住所も教えていない。それでも遊々は来た。

「橋汰くんち、大きいね……えへ」

「あ、あぁ……」

玄関で出迎えると、遊々はいつも通りえへえへしている。

我が家を訪れた理由を聞くと、一言。たまたま近くにいたから。

そんなことある？

「わ、私はやめようって言ったけど、遊々がどうしてもって……め、目が怖くて……」

宇民も共にいて、遊々に半ば強引《ごういん》に連れてこられたらしい。小声で俺に報告する。

遊々はどうやら俺と龍虎が家で遊ぶことを、隣の席から盗み聞きしていたようだ。俺と龍虎をふたりきりにするのは危険だと感じ、突撃して来たというわけだ。

ただなぜ、遊々はウチの住所を知っていたのか。それは怖くて聞けない。

部屋に案内すると、龍虎は遊々と宇民を見て目を丸くする。

「龍虎……たまたま近くにいたんだって」

「あ、そ、そう……」

「えへ、えへ」『ごめんね、お邪魔します」

突然あまり話したことのない女子ふたりが現れ、龍虎は一気に緊張する。

「あ、ミリウィチだ。上田、あんた読んでるの？」

「あぁ、これは龍虎が持って来てくれたんだ」

「へー三井くん、ミリウィチ好きなんだ。私も読んでるよ。ていうか神馬の過去編はびっくりしたよね。まさか……」

「おいおい宇民、ネタバレやめれ。俺いま読み始めたんだから」

「あぁそうか。あはは、ごめん」

さすが、イキらなければ普通のオタクこと宇民。龍虎とも自然に会話している。龍虎もオタトークであれば多少緊張は和らぐだろう。

この状況は、案外悪くないのかもしれない。

「ていうか上田、何この部屋。あんた普通にオタクじゃない。何隠してんのよ」

「えへええへ、橋汰くんもオタクだった……えへ」

「うるせー、いろいろあったんだよ」

「何がいろいろよ、オタバレが恥ずかしかっただけでしょ。ほんと器が小さい」

陽キャを目指すため妹に譲ったり物置に置いていた書籍やグッズ類は、現在では俺の部屋に戻している。気を張ってそれらを避けていたが、先日のカエラとの会話で、不必要な行為だと感じるようになったからだ。

そうして俺はやんわりと、オタクである自分をさらけ出すようにした。

遊々や宇民はこのように、さして気にしてはいないようだ。

ラノベや漫画の本棚を見て、宇民はしみじみと呟く。

「でも……うん、センスはまあまあね」

「イキリオタクらしい上から目線だな」

「誰《だれ》がイキリオタクか！　って、これ眠ちょす先生の画集じゃん！　見ていい？」

「おお、いいぞ」

宇民はぷんすか怒ったかと思えば、興奮した様子で画集に飛びつく。本当に、イキらなければ可愛い奴《やつ》なのに。そんな宇民を見習ってか、龍虎も俺に許可を取る。

「ぼ、僕もこのガリドラの設定資料集、見ていい？」

「いいぞ」

「えへ、橋汰くん……中学の卒業アルバム見ていい？」

「いいわけないだろ」

するとここで、またも小凪がバタバタとやってきた。

「きょーちゃん大変大変……うわっ、女の子ばっかり！」

「男女同数なんだけど。それで、今度はどうした小凪」

「また家の前に変な人がいる！　キノコみたいな髪のでっかい人！」

またも身に覚えのある特徴。四人で顔を見合わせる。

「……出なくていいんじゃない？」

宇民はひどく面倒くさそうな顔でそう言った。


「よー橋汰！　おまえんちでっけえな！」

「ごめんち橋汰ー。徒然を止められなかったー」

大方の予想通り、やってきたキノコ男とは徒然だった。連れ立ってやってきたカエラは申し訳なさそうに笑う。

「どうしたんだ、約束は明日だろ？」

「遊々とかも来てるんだろ！　俺らを仲間外れにするなよ！」

なぜ知っているのか。尋ねるとカエラが一から説明する。

「今朝《けさ》、ゆゆゆから連絡があったんよ。橋汰の家はどこなのって」

「……ほう」

「うたみんとか龍虎くんと遊ぶ予定なんかなーって思って教えたけど、いんだよね？」

遊々が住所を知っていた理由が無事、判明した。

むしろ平和的な情報入手の仕方で安心したまである。

「それをなんとなしに徒然に教えたらさ、俺も行きたいとか言い出して、この有り様でぇい」

「おまえらだけで楽しいことすんだろ！　ずるいぞ！」

「あのなぁ……それじゃ明日はどうすんだよ」

「明日も来るぞ！」

「橋汰、徒然ってこういう奴なんよ」

こうなったらカエラと徒然も招き入れる他ないだろう。

そうしてふたりとも俺の部屋に連れて行くと、もう大騒ぎだ。

「おー結構広いな、橋汰の部屋！」

「あ、えへ、カエラちゃんだし……」

「ゆゆゆとうたみんと龍虎くん、やっほやっほー。なんか来ちゃったー」

「カエラはいいけど……小笠原《おがさわら》、あんたデカいんだから廊下で立ってなさいよ」

「なんでだよ！　そうやっておまえも俺を仲間外れにするのか宇民！」

思い思いにしゃべる面々。この部屋にこんな人数が集まったことは、いまだかつてない。

これがリア充なのか。リア充ってこんな暑苦しいものなのか。

「あ、あわあわ……」

龍虎は分かりやすく焦《あせ》っていた。俺とふたりきりでのささやかなオタ活だったはずなのに、いつの間にかパーリーになっているのだから当然だ。

陰キャと陽キャ、オタと非オタがひとつ屋根の下で入り乱れる。

「ん？　うたみん香水つけてるん？」

「いやボディクリームでしょ」

「へーいい匂いじゃーん。首筋が特に……くんかくんか」

「ちょっとやめっ……あんっ」

「あーーー今うたみんがエッチな声出したんですけどーーーっ！」

「カーーーエーーーラーーーっ！」

右を見れば、カエラと宇民が百合。

「ねぇ、遊々ちゃんはなんで髪ピンクなのー？」

「えへ、ギャルだからだし……」

「へーギャルって髪ピンクなんだー！　その変なしゃべり方は？」

「えへ、ギャルはこうやってしゃべるし……」

「そうなんだー！　小凪もそうやってしゃべるしー！」

左を見れば、遊々が妹に誤った知識を披露。

「おお龍虎！　今日も女みたいだなー」

「え、あ、いや……」

「名前めちゃくちゃカッコいいのになー！」

「ご、ごめん……」

「え、俺いま褒めたんだけど」

振り返れば徒然と龍虎が危なっかしく会話。

カオスだ。俺の部屋がいま、カオスだ。いつの間にか妹も加わってるし。

「あ、これ橋汰の卒アルか？」

「ゲッ！」

アホの徒然が、アホのくせにめざとく中学の卒業アルバム（黒歴史）を発見してしまった。

刹那《せつな》、遊々と宇民の目が光る。

「えへ、見たい……」

「見たい見たい！　昔の上田！」

「おい群がるな！　カエラ、止めてくれ！」

「もうこれはお宅訪問の恒例行事じゃね？　仕方ないよねぇ、ってことで私も見るぅー！」

「おぉーいっ！」

抵抗むなしく、俺の黒歴史はあっさり紐解《ひもと》かれた。

「ぎゃはははは！」「あははははは！」

クラスの個人写真を見つけた徒然と宇民はこの通り、目に涙を浮かべ、呼吸困難になりそうなほど爆笑していた。

「暗っ！　しかも何だこのもっさりした髪型、ダセーーー！」

「この不貞腐《ふてくさ》れた顔！　超勘違いしてそう！　あはははは！」

「うるせーーーーー！」

　こいつら普段はいがみ合ってるくせに、なんでこういう時は息ぴったりなんだよ！

　さらに、遊々はというと……。

「えへ、この橋汰くん可愛い……」

「嬉《うれ》しくねえよ遊々……」

「えへへえへ、可愛い……」

　なにかほっこりとしていた。

「いやー、でもよくこっから今の橋汰に変身したよねぇ。むしろそのエグい努力が、この写真から伝わってくるよ。ヤバちヤバちだよ」

「カエラ……おまえは本当にいい奴だな」

「確かにもはや別人だもんね。いやー頑張った頑張った……ぶふっ」

「宇民てめえ……半笑いで俺の努力に触れるな」

「えへへえへ、橋汰くん大丈夫。私の卒アルも今と別人だから」

　そりゃそうだろう。だっていま髪ピンクだものね。

　そんな中、徒然はいつの間にか卒アルから興味をなくし、別の物を発見する。

「お、スマストあるじゃん！　やろうぜ！」

徒然が見つけたのは格闘ゲームだ。卒アル鑑賞よりも千倍、健全な遊びである。

なので是非やりたいところだが、問題がひとつ。

「いいけど、ハードは居間にあるから移動しないと」

「いいぞ、行こうぜ！」

「ていうかきょーちゃん、全員で居間に行けば？」

「あ、確かに」

さすがにこの部屋に七人は多すぎる。どうせ今日は両親もいないし、全員を広い居間に押し込んだ方が楽だろう。

「じゃあ橋汰、ノーパソ貸してー。ゲームしない勢は海外ドラマ見よー」

「おお、そういやそんな目的で来たんだったな」

「海外ドラマってどんなの？」

「推理ものだよ、うたみん。元詐欺師の探偵がサイコな犯罪捜査に協力するヤーツ」

「へぇ、面白《おもしろ》そう。私はゲームよりそっちが気になるかも」

「なんだと宇民！　おまえをボコボコにしてやろうと思ったのに！」

「はぁ……残念ながら私、スマスト超強いよ？」

イキリ方にも箔《はく》が出てきたな、宇民よ。

話がまとまり、全員必要なものを持って居間へと向かう。

「眠ちょす先生の画集読みかけだったわ。持っていくねー上田」

「へーい」

「あ、これサッカー漫画なん？　橋汰これ持ってくわー」

「いいぞー」

「えへ、卒アル……」

「それは置いていこうな、遊々」

準備ができたら大移動。小凪に先導され、みなゾロゾロと居間へ向かう。

「龍虎、悪いな。なんか大所帯になっちゃって」

最後尾にいた龍虎に声をかける。

「あ、ううん。だ、大丈夫だよ」

「スマストできる？」

「う、うん……お、オンラインでよくやってたから」

まぁゲームをしていれば、自然と打ち解けられるだろう。

「で、でも……また別の日に、今度はふたりで会いたいな……」

「お、おう、もちろん」

え、何これ。何このラブコメの波動。

なんでこいつこんなに可愛いの。どうしよう抱きしめてぇ、物置に連れ込みてぇ。

「コォォォ……」

はい、冗談でーす。


「なん……だと……」

我が家の居間に切なく響く徒然の声。コントローラーを握るその手が、小刻みに震える。

宇民は立ち上がり、普段は見上げるしかない徒然を見下ろして、嘲笑。

「これが私とあんたの差なのよ。もう二度と、にゃ、ナメた口きくんじゃないわよ」

「噛むなよ、そこで」

「う、うるしゃい！」

真《ま》っ赤《か》な顔で俺にティッシュ箱を投げつける宇民であった。

宇民のスマストの強さは桁違《けたちが》いで、徒然は手も足も出ていなかった。いつものイキリかと思いきや、確固たる裏付けがあったらしい。

「お待たせカエラ。一話見よう」

「うたみんカッケー！　ゲームつっよー！」

そうして宇民とカエラはノートパソコンで海外ドラマを観始めていた。

俺もカエラと同じものを観たいところだが、その前に先約があった。

「んじゃ龍虎、俺らもバトろうか」

「う、うん」

今度は俺と龍虎がスマスト。魂が抜けている徒然からコントローラーを奪い取る。

キャラを選んでいる最中、ふとまた別の方向からほんわかした声が聞こえる。

「これがね、北海道に行った時の写真。小凪は幼稚園生できょーちゃんが小学生！」

「えへへえへえへえへっ。橋汰くん、すごい可愛いし……」

「小凪はー？」

「えへええへ、小凪ちゃんも可愛いし」

「えへええへ！　遊々ちゃんも可愛いし！」

遊々と小凪は意気投合したらしい。上田家の家族写真を見ながら、ふたりで仲睦《なかむつ》まじくえへえへ言っている。妹にピンク髪のお友達ができて何よりだ。

「きょ、橋汰くん、準備できたよ」

「おお。んじゃやるか！」

俺と龍虎はバトル開始。が、ここでもまた実力の差が浮き彫りになる。

たった一戦で分かった。龍虎もかなりの実力者だ。さすが猛者《もさ》が集うとされるオンラインで日々戦っているだけのことはある。

「くそー、腹立つなー！」

「へへ、ざーこざーこ」

「えっ」

龍虎からの、突然の罵倒。あまりに唐突なメスガキ化に思わずキュンとしてしまった。

しかし言われた俺よりも、言った本人の方が慌てふためいていた。

「ご、ごめん橋汰くん……つい癖《くせ》で……」

「どんな癖だよ」

「最近クラスの人に『ざーこざーこって言ってくれ』ってよく頼まれるから……」

どうしよう。我がB組には幾ばくかの変態が混じってしまっているようだ。俺の預かり知らぬところで『龍虎メスガキ男の娘化計画』が進行していたらしい。

「……まぁ別に、俺にも言ってもいいけど？」

「そ、そうなの？」

「試しに言ってみな、ほら」

「う、うん……ざーこざーこ」

「『橋汰くんの』って前に付けて。あともっと生意気そうな、あざ笑う感じで」

「橋汰くんのざーこざーこ♪」

なるほど、悪くない。これは分からせたい。

「コォ……」「ふしゅぅ……」

知ってるよ俺。二方向から息吹を向けられていること、知ってるよ。

でもほら、仕方ないじゃん。メスガキ男の娘ってステキやん。

「やかましいわ」

「えっ、急にどうしたうたみん」

気を取り直してスマスト再開。その後も俺と龍虎のバトルはほぼ一方的だった。

すると、一部始終を見ていた徒然が突如龍虎に飛びつく。

「龍虎……いや、マカロニスト！」

「え……な、なに？」

「俺に戦いのすべてを教えてください！　マカロニスト！」

「もしかして、マエストロって言いたいのか？」

徒然はデカい体を折りたたみ、ピシッと土下座。その姿に龍虎は困惑していた。

「つまり龍虎の強さに感銘を受けて、指導してほしくなったってことか」

「そういうこと！　あの憎たらしいチビ悪魔をぶっ倒したいのです！」

「聞こえてるわよ。それ私のことでしょ」

唐突な展開に龍虎は、どう返していいか分からず混乱しているようだ。

俺は、ものは試しにと背中を押してみる。

「マエストロ、こんだけ真剣にお願いしてるんだし、ちょっと教えてやれば？」

「わ、分かった……僕で良ければ……」

こうして徒然は、龍虎によるスマスト特訓を受け始めた。

さすがはコミュ強の徒然である。あっという間に龍虎との関係性を構築した。もちろん無意識というか自分本位の行動だが、龍虎にとってはいい傾向だろう。

「さて、じゃあ俺は海外ドラマを観ようかな」

「いま一話の中盤だよー」

「面白いわ、これ。引き込まれる」

そうして俺も海外ドラマ勢に参加。三人で並んでノートパソコンに釘付けになる。

カエラも宇民も絶賛するだけあって、中盤から観始めた俺でも存分に楽しめて、あっという間に一話が終わってしまった。

「探偵と助手の関係性が最高に、てぇてぇ……！」

「面白いなー。でもこれ、あと十五話もあるのかよ」

「一話四十五分だしねー、今日中に見るのはムリちかも」

「じゃあみんな泊まればー？」

不意の小凪の提案が、居間を駆ける。みな、雷に打たれたような表情。「その手があった！」「でもいきなりじゃ迷惑だよね……」という空気が目に見えるようだった。

いつしか遊々・宇民・カエラ・徒然・龍虎の目が一斉に、俺に向いていた。一時的にこの家の家督《かとく》を握っている俺へ、問いかけるような、訴えかけるような十の瞳《ひとみ》。

「一応親に聞いてみるけど……たぶん大丈夫じゃね」

どこからともなく上がった歓声。緊張が一気にハジけ、興奮が湧《わ》き上がる。

友達が家に来るという非日常が、お泊まり会というスーパー非日常にアップデート。

俺もリア充になったもんだ。

＊＊＊

旅行中の両親から友達を泊める許可を得ると、五人はすぐさまスマホを取り出す。みな寛容なご家庭らしく、突然の外泊でも全員オーケーをもらっていた。

「えへえへっ、お泊まり……」

「フゥーー今夜は長くなるぜーーー！」

突発的なテンション爆上がりイベントに面々が小躍りする中、宇民が整然と告げる。

「そうと決まったら、いろいろ話し合わないとね。はい全員注目！」

「よっ、お泊まり実行委員長！」

「変な名前つけるな！」

「めちゃくちゃ浮かれた役職だな」

「ちょーぜつ楽しみにしてる感あるよね」

「うるさい！」

それぞれ宇民からの罵声をいただくと、改めて話し合いを始める。

「まず寝る部屋と布団《ふとん》だけど……上田、大丈夫なの？」

「全然余裕。盆とか正月はこの倍の人数が泊まりにくるし。男子は俺の部屋、女子は広い客間を使ってもらおうか」

「……龍虎くんは？」

そこでふと、遊々が俺の背後で呟く。

「………………」

恐る恐る振り返り、遊々の顔を確認。

瞳孔が開いている。もしかしたら今俺は、刃物を突きつけられているのかもしれない。

「だ、大丈夫……徒然もいるし……」

「……コォ」

「何もしない！　何も起きないから！」

「……信じてるからね、橋汰くん……」

最後にそう呟いて、遊々はスゥーと闇《やみ》に消えていった。

気を取り直し、それぞれ必要なものについてお泊まり実行委員長が続ける。

「あとは寝巻きとか、いろいろ入用なものを買いに行かないとね」

「寝巻きなんてわざわざ買うのも持って帰るのも面倒だろ。俺の服とか使えばいい」

そこでカエラが俺を指差し、大げさに反応しだした。

「あー！　橋汰がアタシたちに彼シャツやらせようとしてるー！」

「あっ、いや！　そ、そうか、そうなるか……」

まったくの無自覚だったが、確かになかなかエッチな感じになってしまう。これはマズい、天然のセクハラをやらかしてしまった。

「まぁ嫌だったら別に……」

「だ、大丈夫だよ！　私、気にしないよ！　えへへへへっ！」

遊々が天まで届きそうな勢いで手を上げる。

着たい着たい橋汰くんのシャツ着たいえへへえへ、と顔に書いてあった。

「わかったわかった。龍虎も、別に気にしないだろ？」

「う、うん……橋汰くんのを借りようかな」

「ま、そーいうアタシも別に気にしないんですけどねー」

「おまえはどっちなんだよカエラ」

よっし！　カエラの彼シャツが見れる！　最高最高最高ォ！

「んじゃ俺も……」

「おまえは無理だろ、物理的に」

「なんでだ！　また仲間外れか！」

「違うわ！　自分の身長考えろ！」

徒然をあしらっているその最中、ふと宇民が目に入った。

彼女は顔を赤らめながら、何か言いたそうにこちらを見ている。

「わ、私も上田の借りようかなー。わざわざ買うのもったいないしー……」

目を泳がせて、あからさまに余裕ぶってそう告げる宇民。

だがそんな彼女を待っていたのは、明後日の方向からの正論パンチだった。

「いや、宇民は橋汰の妹のを借りた方がいいだろ」

「えっ……」

「物理的に」

徒然によるデリカシーの欠片《かけら》もない発言。放たれた直後「あ、言っちゃった……」という空気が流れる。カエラはバシッと徒然の頭をひっぱたいていた。

しかし悲しきかな……宇民と小凪の身長は、ほぼ同じである。

「う、宇民……俺の服使うだろ？　いっぱいあるから……」

「い、いいわよ別に！　オーバーサイズの服なんて着たら風邪ひいちゃうからね！　小凪ちゃん寝巻き貸してね！」

「いいよーうたみん！　私とお揃《そろ》い！」

「ありがとう嬉しいな！　あははは！」

仁王立ちし、大笑いする宇民。その瞳には、ほんのり輝くものが見える。

神様、どうか彼女の身長を、もう少しだけ伸ばしてあげてください。


全員でスーパーにやってきた。百均でそれぞれ必要な日用品を買ったのち、夕食と明日の朝食の材料を吟味する。

「夕飯はまぁ、カレーでいいだろ」

「だねー。美味《おい》しいし、作るの楽だし」

「奇をてらって変なのを作るより良いと思う」

ここで不必要に野次るのが、徒然という男だ。

「ありきたりだなー。『私ビーフガノンドルフ作れるよ』とか言える女はいないのか」

「うたみん、徒然用のドッグフードも買わないと」

「キャベツの芯《しん》とかで良いでしょ」

「すみません！　俺カレー大好きです！　みんなとカレー食べたいです！」

誰かビーフガノンドルフに突っ込んでやれよ。

「鶏に決まってるだろうが！」「いや牛しか勝たん！」「豚以外を選ぶとかエアプなの？」「小凪シーフードがいい～」『いっそジビエ！』『売ってねえよ！』『狩るか山で！』

カレーの具材なども、右の通り平和的に決定。

お菓子にジュースにスイーツと、大はしゃぎラインナップもカゴに入れていく。

「おい誰だ、酢昆布なんて入れたの」

「はぁ？　小笠原あんた文句あんの？」

「宇民かよ。おまえババアじゃないんだから……」

「はぁ～～～（クソデカため息）私を本気で怒らせ（ry」

「ひぃいいいすみません～～～！」

コスパの良いイキリが出た。

ふと、龍虎の姿が見えないと思ったら、後ろの方でモソモソとしていた。俺はその腕をぐっと引っ張りお菓子コーナーへ連れてくる。

「龍虎、おまえも好きなもん入れろよ。割り勘なんだから」

「あ、うん、じゃあ……」

「よし。あれ、遊々は？」

今度はあんなに目立つピンク髪が、いつの間にか姿を消していた。と思いきや、ぬるっと俺の元へ戻ってくる。

「えへえへ、これ……」

遊々が持ってきたのは、鮭とばだ。

それを見れば自然と思い出される、遊々との最初の日。

「はは、懐かしいな」

「えへ、思い出の味……」

遊々の髪についていた鮭とばを取ったあの日から、すべて始まった。

あの出来事がなければ、もしかしたら遊々や宇民や龍虎と今のような関係は築けていなかったかもしれない。

鮭とばのおかげで、この愉快な時間はなかったのかもしれない。

「……でも鮭とばなんて誰も食わんだろ。返してきなさい」

「えへ」

遊々は突っ込まれると、嬉しそうにおつまみコーナーへ去って行った。


「ヤバっ、買い忘れた！」

カエラがこう叫んだのはスーパーからの帰り道でのことだ。俺が代表して尋ねる。

「何を買い忘れたんだ？」

「カラコン入れる容器ー。替えのカラコンないから、今つけてるの明日も使わなきゃなんよ。百均で買おうと思ったのに……ちょーぜつドジ！」

あちゃーっと言って額をペチンとするカエラ。

コンタクトを常用している人にとってソレがなくなることは、程度にもよるが、世界が見えなくなるのと同義だ。俺も使用しているのでよく分かる。

「カ、カエラちゃん……私、替えのコンタクトいくつかあるから、あげようか?」

「俺のでも良いぞ。度が合えばいいけど」

「え? 度は入ってないよ?」

カエラはきょとんとする。遊々と俺もまた、きょとんとする。

その時、カエラ以外の全員の頭にハテナが浮かんでいた。

「……ん? どういうことだ?」

「え、だから度は関係ないって。アタシの視力、両目とも二億だし」

「じゃあなんで容器が必要なんだよ。今日使い終わったら捨てりゃいいじゃん」

「ええっ! じゃあキョータはアタシに、裸眼を晒《さら》せって言いたいの!?」

カエラは顔を赤らめ両手を上げて、信じられないような瞳で俺を見る。

「カラコンつけずにみんなと会うなんて、スッピンを見られるくらい恥ずかしいんですけど!? 言わせんなよバカバカ、キョータのバカ!」

「…………」

恥ずかしそうに身体を揺らすギャルを前に、徒然と宇民の目は冷ややかだ。

「何言ってんだこいつ」

「珍しく小笠原と意見が合ったわ。何言ってんのバカなの？」

「えーーーーなんでーーーーっ⁉」

ギャルの感覚はよく分からない。ゆえにギャルはギャルなのである。


コンタクト入れの有無はカエラにとって死活問題。だがみんなを巻き込むのは忍びないからひとりで買いに行くと、カエラは近くのコンビニの場所を俺に尋ねた。

だがここから最も近いコンビニは少し入り組んだ場所にあり、スマホを使っても迷うかもしれない。なので俺が連れていくと提案した。

そうして他の面々を先に帰宅させて、俺とカエラだけはコンビニへ向かうことに。カエラは「ごめんキューー」と手を合わせた。ごめんとサンキューが合体している。コスパが良い。

しかし当然、それらはカエラとふたりきりになるための口実である。

せっかくのお泊まり、わずかでもふたりきりの時間を作りたいじゃないか。

こんな住宅街なのにコンビニが入り組んだ場所にあるわけがない。でも入り組んでるかどうかは人の感性によるよね。もしツッコまれたらそう返そう。

と、そんな屁理屈は用意する必要さえなかった。

「キョータ見て見て！　新商品だって！」

コンビニに着くとカエラは、コンタクト用品には目もくれずハイテンションでお菓子コーナーへ。正確には、コンビニに着く前からずっとハイテンションだ。

カエラはコンビニ内を踊るように駆け巡る。

「キョータ見て見て！　ネクタイある！　これ誰が買うん⁉」

「冠婚葬祭用じゃね」

「キョータ見て見て！　塩おにぎりだって！　ウケる〜〜」

「な、何が……？」

「キョータ見て見て！　エロ本ーっ！」

「戻してきなさい！」

気になった商品を持って報告してくるその姿はまるで幼児。しかしその正体は金髪のギャルＪＫ。戸惑いよりも微笑ましさが勝っていた。

「やばっ、アタシちょっとハシャぎすぎじゃね⁉」

「ずっとだけどな」

「だってみんなでお泊まりちょーーぜつ楽しいじゃん！　楽しすぎて嬉ションするレベル！」

大興奮のカエラは腕をブンブン振って言葉と身体で興奮を表現。「何言ってんだか」と俺は呆《あき》れながらもニヤけが抑えられない。なんというか、シンプルに可愛い。

しかしふと、カエラはピタッと停止する。そしてなぜか赤面していく。

「いや……男子の前で『嬉ション』はさすがにどーなんよって……あはは」

「どうしたカエラ」

「ええ……」

「はっず！　キョータ今の忘れてね！　マジ掘り返したらバチボコのオコだから！」

エロ本持って突撃は平気で、嬉ション発言は恥ずかしい。

基準が分からん。なんだこいつ。可愛いし好きだけどそれはそれとしてなんだこいつ。

嬉ション発言で自らテンションを落ち着けてくれたらしい。カエラはそそくさとコンタクト用品が並ぶ棚に向かい、しゃがんで商品を見比べる。

「それにしてもごめんちー。龍虎くんとふたりきりだったのに」

「まだ言ってるのか。むしろ良かっただろ、龍虎も楽しそうにしてるし」

少しずつだが龍虎と徒然の距離は縮まっている。他の面々とも普通に会話もできていたし、このお泊まりは龍虎に好影響を及ぼしていると言える。

「面倒見いい兄ちゃんだねぇキョータは」

「そんなことないよ。龍虎に関しては俺が『性格変えろ』的なこと言って、けしかけちまったからさ」

「そうなんだ。どんなこと言ったん？」

「それは言えん。恥ずかしいから」

「えーなんでーっ！　良いじゃーん！」

もはやタイムスリップしてぶん殴ってやりたい、あの日の進路指導室の熱くなりすぎた俺。あんな暑苦しい言動をカエラに聞かせるわけにはいかない。

コンタクト用品を手に取っても、カエラは店内をブラブラ歩きながら話を続ける。

「でも分かるよ。キョータのことだから、龍虎くんの心をブチ抜けたんでしょ」

「なんだその表現。茶化しとんのか」

「茶化してないち。むしろアタシは、キョータが羨《うらや》ましいちゃんだよ」

アイスが詰められた冷凍庫を見下ろすカエラの横顔は、凜《りん》としていながらもどこか切ない。

「キョータって、相手に合わせて言動とか態度を変えられるマンじゃん？」

「そうか？」

「そだよ。ゆゆゆに対してはいつでも優しく見守ってあげてる感じ。うたみんには軽口も言うけど、勉強とかみんなのまとめ役を頑張ってる時は支えてあげてる感じ」

「あー……」

「龍虎くんに対してはすごく繊細なんだけど、たまにそっと背中を押してあげてる。徒然には強めにいく時もあるけど、だからこそ信頼し合ってる感じ」

カエラによる分析は、俺の彼らへの印象をうまく言語化できていた。俺自身もハッとなるような見解もあって、つい感心してしまう。カエラは俺のことをよく見ているようだ。

　でもなぜそれを、悲しそうに語るのか。

「アタシは真逆。誰に対してもズバズバ言っちゃう。だからうたみんにも一回キレられたし。分かっていても直らんのよなぁ……こんな奴ウザちウザちっしょ」

「いや……」

「そんなだから最近はちょっとだけ、人に踏み込むの、ビビっちゃったりビビビ……」

　カエラの弱気な言葉を初めて聞いて、俺は思わず言葉に詰まった。

　そんなことを考えていたなんて、知りもしなかった。

「……なーんて、ちょっとダウナー入ったりして！　今の話なーし忘れてーっ！」

「えっ……」

「さーとっとと帰らないとー！　徒然が腹減らしすぎて龍虎くん食っちゃうかも！」

　いつもの笑顔に戻ったカエラはレジへ走っていく。

　髪色も服装も派手なその後ろ姿は、どこかいつもよりも弱々しく見える。

　家までの道中、その話題が出ることは一切《いっさい》なかった。まるでカエラが、先ほどのダウナーな雰囲気を許さないかのように、より愉快そうに笑って話し続ける。

　俺はそのノリに合わせながらも、心の奥で浮かんでいたのは、少しの不安と後悔だった。

＊＊＊

「私、ほぼ毎週カレー作ってるよ」

さらっと告げたのは宇民だ。俺とカエラが帰宅して、夕食当番を決める話し合いでのこと。

「いいね、うたみんカレー食べたい！」

「変な名前つけないで！」

「えへえへっ、うたみんカレー……」

「遊々もツボるな！」

「じゃあ宇民が料理長で決定だな」

「お泊まり実行委員長とか料理長とか、肩書きいっぱいあって良いなーおまえ」

「ひとつもいらないわよ！」

ツッコミの嵐が吹き荒れる中、カエラが冷静に指摘する。

「キッチン担当、もうひとりいるよね」

「そうね。さすがにこの人数分のカレーは作ったことないわ」

「じゃあ俺がやるよ。調理器具の場所とか知ってる人間の方がいいだろ」

「確かに。じゃあ副料理長は橋汰で」

「よろしく、料理長」

宇民は「な、何言ってんの……」とモニョモニョ応《こた》える。俺をチラリと見上げると、ほんのり頬《ほお》を染め、唇を尖《とが》らせていた。

「コォ……」

おまえは嫉妬《しっと》で忙しいな、遊々よ。

「アタシらも働くよー。風呂《ふろ》掃除に寝室掃除にベッドメイキング、やることいっぺーだ！」

そうしてそれぞれが持ち場につき、働き始めた。


「おお、速っ！」

「ふふんっ、これくらい普通よ」

玉ねぎを次々とみじん切りにしていく宇民。そのスピードは普段から包丁を扱っている人間のソレである。俺は思わず感心してしまう。

「普段から料理してるのか？」

「毎日じゃないけどね。ウチは共働きだから、小学生の頃から台所に立ってたわ」

俺が皮をむいた野菜を、宇民はあれよあれよという間に切り刻んでいく。手前味噌だが、なかなかに良い連携が取れていた。

「まさか宇民がウチに泊まって、一緒にカレーを作る日が来るとはなぁ」

出会った当初の宇民は、まるで自分には味方がいないかのように、すべての人間を鋭い瞳で威嚇していた。今でもツンケンしてはいるけれど。

宇民は複雑そうな顔をするが、否定はしない。

「まぁ……私自身も驚きだけどね。カレーもお泊りもそうだし、何よりもまさか他人と一緒に勉強をする日が来るなんて」

「あぁテスト勉強な。邪魔じゃなかったか、俺ら」

「全然。むしろメリハリがついて良かったわ。思った以上に成績も良くて……なんか、肩の力が抜けた感じ」

「ん、どういうことだ?」

宇民は、さらりと意外な過去を明かす。

「私、受験落ちたのよ。第一志望」

俺は顔を上げ、ニンジンの皮をむく手を止める。

宇民は変わらず、玉ねぎを刻み続けていた。表情には笑みすら見える。

「綿高は滑り止めだったの」

「そうなのか……第一志望はどこだったんだ?」

宇民が口にしたのは綿矢高校よりも良いどころか、県内で最も偏差値が高い女子高だった。

「なるほどな……確かに宇民の学力は、クラスでも頭ひとつ抜けてるもんな」

「でも今になって思うと、落ちて良かったとも思うわ。女子高は女子高でいいけど、私みたいな人間が行ったら価値観がいっそう凝り固まって、つまらない人間になってたと思う」

宇民は「負け惜しみっぽいけどさ」と言って苦笑する。

「……いや、大事なことだよ、たぶん」

素直な感想を告げると、宇民は「ふふ」と声を漏《も》らした。

「つまり総合すると、徒然がいて良かったたってことだな」

「なんでそうなるのよ！　むしろ、あ……」

「あ？」

「……なんでもないわ」

口を尖らせると宇民は、不機嫌そうな、照れくささそうな顔で再びまな板に目線を落とした。

うたみんカレー作りは順調に進み、ついにはルーを投入する段階に入った。

「二種類のルーを入れると良いのか」

「うん。ウチはいつもそうしてる」

鍋にルーを入れて混ぜ合わせていくうちに、キッチンにスパイスの香りが広がっていく。そしていつしか、キッチンだけにとどまらなくなったようだ。

「きゃーーっ！　ちょーぜつ良い匂いーーーっ！」

「腹減ったぞーーーうおーーーーっ！」

カエラや徒然が興奮した様子で台所に顔を出し、賑やかに通り過ぎていった。

「さて、あとは煮込むだけか」

「いや、最後にバター入れたい。コクが出るのよ」

冷蔵庫を開ける宇民だが、バターを発見した途端に顔をしかめる。

「……なんであんな高いところにあるのよ」

「……あぁ」

バターは冷蔵庫の一番上の段にある。宇民の身長では、少し厳しい位置だ。

「んんぬおおおお！　にゅおおおおお！」

「宇民、俺が取るから……」

「はぁ私が取るしっ？　余裕だしっ？」

宇民は顔を真っ赤にして、思いきり腕を伸ばして、震えながらも爪先立ちをして、とにかく一生懸命にバターへ手を伸ばす。

「無理するなって……」

「バカにしないで！　誰が冷蔵庫の一番上まで手が届かない女よ！　誰が小四の服がぴったりな高一よクソがーーーーっ！」

寝巻のこと、まだ気にしていたらしい。

宇民の気合いが勝ち、ついにはバターに手が届いた。

「ほら見なさ……あっ！」

しかし摑みきれずバターが落下。そしてあろうことか、箱の角が宇民の額に直撃する。

「にぎゃッ！」

「宇民だいじょぶ……ぐふぅ！」

不幸は続き、避けようとした宇民の肘が俺の腹にクリーンヒット。ピタゴラスイッチの如《ごと》き連動で、ついにはふたりともバランスを崩す。結果──ラブコメ。

「んみぃ……」

仰向《あおむ》けに倒れる俺と、俺の胸に顔を埋めて目を回す宇民。

まるで宇民に押し倒されたような状態になっていた。

こうして抱くような形になると、本当に小さいのだなと感じる。ただその熱い身体からは、ボディクリームの甘い匂いが──。

「みぃ……はっ！　ごめん！」

気づくと宇民は顔を真っ赤にして、シュババッと俺から離れていった。

「……今度はおまえに押し倒されたな」

「え……あ、確かに」

宇民と知り合って間もなくの頃、教室にて誤って俺が宇民を押し倒したことがあった。

なんだか不思議な因果である。

「と、とにかくごめん！　はいこの話終わり！」

宇民はさっさとコンロへ向かい、鍋にバターを投入する。ぐるぐるとカレーをかき混ぜるその横顔は、頬から耳まで紅潮していた。

「な、何よ……顔に何かついてる？」

「いや……ケガないか？」

「あ、うん、大丈夫……」

くすぐったい空気。ついソワソワとしてしまう雰囲気の中、とある人物が登場する。

「………」

「お、遊々。どうした？」

ぬるるっとキッチンに現れた遊々。ただその表情は、なぜか神妙だ。

「……なんか今、カレーの匂いに混ざって、ラブコメの匂いが漂ってきたような……」

「………」

「……橋汰くん、うたみん……いま、何かあった？」

ラブコメって、匂いが発生するの？

「うまいうまい！　うたみんカレーちょーぜつうまぁーい！」

「コクが違うな、うたみんカレーは」

「えへ……うたみんカレーうまい」

「もう、好きに呼べばいいわ……」

日が暮れ、おのおのが働き終えたところで夕食となった。全員でテーブルにつき、うたみん謹製のポークカレーに舌鼓を打つ。

「十人分くらい作ったから、おかわり食べたい人は……」

「もがもが！　おかわり！」

「アタシ、半分くらいほしいかもー」

「小凪もー！」

うたみんカレーには、みな大絶賛のようだ。

「ん、また撮ってるのか、カエラ」

「ちょっとカエラ、落ち着かないでしょ」

「いいじゃーん。うたみんギャンかわでーす」

カエラは俺たちがゲームしている姿や海外ドラマを観ている姿などを、ちょくちょくスマホで動画撮影していた。思い出を記録に残したいタイプらしい。

「うたみんがうたみんカレーを食べてまーす。共食いでーす」

「違うわ！」

「うたみんカレーって、宇民が具材で入ってるから、うたみんカレーなのか」

「おぞましいな」

「そんなわけないでしょ！」

あっという間に、うたみんカレーの鍋は空になった。

その後、カエラと宇民はぼーっと海外ドラマ鑑賞。龍虎と徒然はスマスト。俺はこの二組の間を行ったり来たり。遊々と小凪はよく分からないが、ふたりで何やら楽しそうにしている。

なんとなくこんなグループで、まったりとした幸せな時間を過ごしていた。

＊＊＊

「いいな橋汰んち。風呂ふたつもあって」

「ひとつはボロいけどな。後から増築したんだってさ」

そろそろ風呂の時間ということで、俺と小凪はふたつある浴室の準備をする。とは言っても俺と宇民がカレーを作っている間に皆が風呂掃除もしてくれたので、湯を張るだけだ。

そんなわけでお風呂タイム。女子と男子で別の浴室を使うことに。

「野郎どもはボロい方だからな」

「どっちでもいいわ。な、マカロン」

「う、うん……」

頷《うなず》く前にマカロンを修正してやれ、マエストロ。

女子たちは女子たちで、キャピキャピ話し合っている。

「泊めてもらうわけだし、ふたりずつ入ってできるだけ節約ちゃんでおけ?」

「小凪、遊々ちゃんと入るー!」

「えへ、いいよ……」

「じゃあアタシはうたみんと。ぐへへ」

「えっ、何その笑い声……」

これよりウチの風呂で、てぇてぇが爆裂してしまうのだろうか。

「それじゃ俺たちも一緒に入ろうぜ!」

「無理だろ。テメェのサイズ考えろや」

「なに! 俺だけ仲間外れにして、橋汰とマカロンのふたりで入る気か⁉」

「えっ、いやそれは……」

チラリと龍虎を見る。俺と目が合うと、龍虎は身体をよじらせながら「あ、えっと……」とモニョモニョ言っていた。

やべえ。これヤレるな。

「ゴォオオオオ……!」

「ふしゅぅぅぅ……!」

もちろん冗談ですよー。

「な、仲間外れは良くないよな！　野郎どもはひとりずつだ！」

「う、うん……」

冷や汗を拭う俺。マジでもう、遊々と宇民の中では龍虎は女の子なの？


まずは遊々と小凪、そして龍虎が一番風呂へ向かった。

そして残った四人はというと、居間で海外ドラマを見ながら待つ。

「あり？　うたみん、リーナって誰ち？」

「私も思った。誰だっけ……どこかで聞いたような……」

「一話に出てきた、キラーの最初の被害者だろ」

平然と言う徒然に、カエラと宇民はキョトンとする。

「え……徒然、ずっとゲームやってたよね？」

「あんたこのドラマ、ほぼ見てなかったじゃない……」

「セリフだけ聞いていれば分かるだろ。何言ってんだおまえら」

なんでもないように言う徒然に、俺たちは戦慄《せんりつ》する。

「何おまえ、突然凄《すさ》まじい特技を披露してんだよ……」

「なんかムカつきなんですけど。何こいつ」

「ホント……小笠原史上、一番ムカついたわ今の」

「なんでだよ！　教えてやったのに！」

人間、どこに才能があるか分からないものである。

麦茶のピッチャーがなくなったので、俺はひとりキッチンへ向かう。

「きょーちゃんだ！　バイバーイっ！」

するとその途中で、パジャマ姿の小凪が勢いよく脱衣所から出てきた。そのままキッチンへと走っていくその髪は、まだ濡《ぬ》れている。

「もう出たのか小凪」

「うん！　もうお風呂いいー！」

「カラスの行水だな、相変わらず」

「カーーーッ！　アイス食べるー！」

そういやウチの妹は風呂嫌いだった。頭と体を洗ってさっさと入浴して出てきたのだろう。

あれ、じゃあ一緒に入った遊々は？

「こ、小凪ちゃーん……？」

「うお、遊々」

「ひぇっ、橋汰くん⁉」

脱衣所に入って向かって左側、すりガラスにぼんやりと映っているのは遊々のピンクの髪。

そしてうっすらと、体のラインが……。

「ご、ごめん遊々！　そりゃまだ入ってるよな！」

俺は慌てて浴室へ背を向ける。鏡に映った俺の顔は、情けなく赤らんでいた。

「え、えへえへ、大丈夫だよ……びっくりしただけ……」

「そ、そうか……悪いな。ウチの妹、風呂爆速なんだ」

「うん。あっという間に上がっていっちゃった……」

「遊々はゆっくり入っててていいからな。カエラと宇民はまだ海外ドラマに熱中してるし」

「う、うん……分かった。もうちょっと入ってる」

直後、遊々が風呂に再び浸かる音が聞こえた。

そこで立ち去ろうとしたが、慌てたような遊々の声が俺を止める。

「きょ、橋汰くん、行っちゃう……？」

「え？」

「あ、え、えへ……」

「あー……」

言葉からは何も伝わらない。すりガラスで表情も見えない。

それでも遊々の気持ちは分かった。

顔も合わせられない状況だが、ていうか向こうは全裸だが、まだ俺と話していたいんだろう。

そういや今日は、遊々とふたりきりではあまり話してなかったな。

「……そうか。小凪が行っちゃって、ひとりで入るのは寂《さび》しいもんな」

「あ、そ、そう寂しい！　えへへえへ！」

まるで寂しくなさそうな声で、思わず笑ってしまう。

「それじゃ、ちょっとここで話すか」

俺がすりガラスを背に座り込むと、遊々は心の底から嬉しそうな「えへへえへ」を出した。

『ゆゆゆに対してはいつでも優しく見守ってあげてる感じ』

カエラもこう言っていたが、なぜ俺はこう遊々を甘やかしてしまうんだろうな。

すりガラスを挟み、風呂に入っている遊々と世間話。他の連中にはあんまり見られたくない状況だが、仕方がない。遊々がご所望だ。

「きょ、橋汰くんはいつもこっちのお風呂、使ってるの？」

「そうだな。てかもうひとつのボロい方は、本当に子供の頃に使ってたくらいだよ」

「えへへえへ、子供の頃……」

そこで謎の笑いを催した意味を、俺は数秒ほどで理解した。

「あー、そういや小凪と一緒に昔のアルバム見てたな」

「えへへえへ、ちっちゃい橋汰くん、可愛かったし……」

「小さい時はみんな可愛いもんだろ」

「中学生の橋汰くんも可愛かった」

「あれを可愛いって言うのは、もはや立派なイジりだからな?」

「えへえへっ」

何がおかしいんだよ、まったく。

「橋汰くん、すごいね……」

今度は唐突に、敬意のこもった言葉がかけられる。急にどうした。

「陰キャから陽キャに、なれて……」

「あぁそういうことか。遊々だってギャルっぽくなっただろ」

なれているとかどうかは別にして。

「えへへ……でも橋汰くんは漫画とかアニメ、我慢してたんでしょ? 私にはできないし」

「あの時は死に物狂いだったからな。今考えれば、そこまでする必要はなかったよ」

「でも、できるのがすごいし……」

目を合わせておらず緊張していないからか、遊々はいつにも増して饒舌《じょうぜつ》に話す。

「私、橋汰くんが陰キャだったなんて、全然気づかなかった……てっきり根っから陽キャの人だと思ってたから……ビックリしちゃったし……」

「………」

俺はふと、小さな罪悪感を思い出した。

そこで俺も遊々につられて、言いにくかったことを告げてみる。

「実はずっと不安だったんだよ……遊々にウソをついてたみたいで」

「ウソ？　なんで？」

「遊々は俺が根っからの陽キャだって全然疑わなかっただろ。なんか途中から騙《だま》してるみたいに思えてきて……ちょっと罪悪感だったんだ。なかなか言えなくてごめんな」

俺はずっと抱いていた感情を吐き出した。恥ずかしさも情けなさも罪悪感もすべて、湯気の中に溶けてしまえとばかりに。

すりガラスの向こう、遊々の表情は分からない。ただ少し待っていたら、声が聞こえた。

「えへえへっ」

笑い出した。

「え、おかしいか？」

「ご、ごめん……そんなつもりじゃ……えへえへ」

その声色《こわいろ》で、遊々が今必死に笑いを堪《こら》えているのが分かった。それには俺も首を傾げる。

「何がそんなに面白いんだ？」

「えへ、だって橋汰くん……今も可愛い」

「んなっ？」

想定外の感想に顔が熱くなる。俺は思わず風呂場へ突撃しそうになってしまった。

「なーんーだーとーっ！」

「えへえへっ……ごめんっ……」

えへえへじゃねえよ、と言っても仕方ないと、怒りは抑える。向こうが全裸じゃなきゃデコピンしているところだった。

遊々はその言葉の真意を語る。

「だってそんなの私、気にしたことないし……ひとりで勝手に罪悪感を感じてて、変だし」

「勝手にって、ひどいな……けっこう悩んでたんだぞ」

「でも本当だし。橋汰くんは頑張って陽キャになれたのに、それで気に病むなんておかしい」

「そうか？　まぁそうかもな」

遊々は「そうだし」と言ってまたえへえへと笑う。

「それに私は、橋汰くんが元陰キャだって聞いて、嬉しかったし」

「なんで？」

「わ、私と一緒だから……えへ」

「あぁ、確かにな。俺たち頑張ったな」

「えへえへ、頑張った……頑張っ、た……」

その時だ。ふと、穏やかで優しい空気が変化した気がした。遊々の言葉尻からなんとなく、そう感じた。その違和感を俺はすぐさま言葉にする。

「遊々、どうかしたか？」

「……橋汰くん、あのさ……」

「ん、なんだ？」

「今日の私……——ひゃあああああっ！」

不意に遊々が悲鳴を上げる。驚きのあまり心臓が爆散しそうになった。

「ど、どうした遊々！」

「む、虫っ……大きい虫が……」

「あ、ああ、なんだ虫か。それくらいお湯ぶっかけて、桶で潰《つぶ》せば……」

「む、無理……虫、無理……きゃああああああ！」

「遊々⁉」

ただ事でなさそうな声。俺はほぼ無意識で浴室の扉を開いていた。

「きょ、橋汰くん……助けて……」

風呂の中で、自分の体を抱くようにして震える遊々。真っ白な肌、俺を見つめる潤《うる》んだ瞳、
そして、腕で隠れてはいるが、とんでもない存在感を放つ胸の膨らみ。

「…………」

俺は、感情を抑える。無。この世は無。

デカめの虫をそっと優しく両手で包み込む俺。そのまま遊々を見ないよう、退場していく。

「きょ、橋汰くん、ありがとう……」

「ウン、キヲツケテネ……」

ロボットのような足取りで俺は、浴室を後にした。

心がふわふわとする中、俺は脱衣所を出て、廊下の窓から虫を逃す。

「ありがとう、虫……」

俺は生きとし生けるものに感謝した。この世に生を受けたものは、みな等しく美しい。

世界は、こんなにも光で満ちている。

「…………」

ふと、宇民が何やら怪訝《けげん》な顔で廊下に現れた。

キョロキョロと周辺を見回しながら、難しい表情で口元を押さえている。

「どうした宇民」

「……確かに今、この辺りからラブコメの匂いが……」

「…………」

間違いない。ラブコメには、匂いが発生している。


すったもんだはあったものの、その後カエラと宇民など全員が入浴を終えた。

宇民と小凪以外の女子三人（?）は俺のTシャツをダボっと着ながらアイスを食べている。

なかなかエモい光景である。

「うたみーん、ごめんってばー」

「う、うるしゃい……」

「もうあんなことしないからー」

「ぜ、絶対許さない……これは人としての尊厳の問題なんだから……」

カエラと宇民は一緒に風呂に入って以降、様子がおかしい。

ウチの風呂で一体何が巻き起こったのか。俺は果敢に宇民へ尋ねてみたが、無言でハムストリングを蹴《け》り込まれただけ。何の成果も得られませんでした。

遊々と小凪はというと、ほんの数分風呂を共にしただけなのに、さらに仲良くなっている。もはや姉妹のように寄り添い続けていた。

ふと、小凪が俺の元に近寄ると、コソコソと耳打ちしてきた。

「きょーちゃん、あのね……遊々ちゃんのおっぱい、すごかったよ」

「……ほう」

「おっきくて、ちょっと重いんだけど、触ったらモニュモニュしてた」

「モニュモニュ、か……」

現在俺のTシャツに包まれている、遊々の核弾頭。

目を閉じるとまぶたの裏に映るそれの、感触までも伝聞で把握してしまった。

良き妹を持ったものだ。

「どったのうたみん？」

「うーん……くんくん……」

ヤバいラブコメ警察だ！　逃げろ！

それからもゲームにドラマにトランプなど、散々遊び倒した俺たち。

非日常な夜をこれでもかと楽しんでいるうちに、日付はとうに変わっていた。

「それじゃ、流石にそろそろ寝ようか」

「だな。遊々がもう限界っぽいし。小凪はもう落ちてるし」

「えへ……限界っぽい……えへ」

「クソーッ、今のはたまたまよ！　眠くて脳の処理能力が落ちただけなんだから！　明日覚えてなさいよ小笠原！」

「ワハハ！　悔しさで震えて眠れ宇民！」

「はいはい、行くぞ。んじゃ女子たち、おやすみー」

男女に分かれ、それぞれ寝床へ向かった。

こうしてお泊まり一日目は騒がしく終わる、ように思われたが……。

「終わらねえぞ！」

俺の部屋にて。男三人並んで布団に入ってからも、徒然はわちゃわちゃ言っていた。

「興奮で寝られるか！　見たかあの宇民の顔！　最高だったな！」

徒然は直前のスマストでの対戦で、なんと強敵の宇民を初めて打ち破ったのだ。

無論、その功労者は龍虎だ。

「マロニエンのおかげだよ！　まさか一日でこんなにも強くなるとは！」

いつになったらマエストロと言えるようになるんだおまえは。

「うん……徒然くん、良かったね」

「師匠最高！　なんたって顔が良い！」

「そうだね……ぜんぶ僕の顔が良いおかげだね」

「いやそこまで言ってナイチンゲール」

「「(ドヤァ……)」」

「……いや、ドヤ顔でこっち見んな。しゃらくせえわ」

徒然の野郎、なに龍虎に変なの仕込んでるんだ。

ギャグ自体は死ぬほどくだらないが、まぁ仲が良さそうで何よりだ。

「そうだ。せっかくの泊まりなんだし、恋バナでもしよーぜ」

急に話が飛びやがる。しかもまた、このメンツでは盛り上がらなそうな話題だ。

「龍虎にはいねえのー、好きな人ー」

「え、え、いないよ……」

「本当かー？　別に男でも良いんだぞー？」

「え、え……」

「なんちゃって」

ワハハと笑う徒然。なんで一瞬俺を見た、龍虎よ。

「そういう徒然はいるのかよ」

「当たり前だろ！　恋してナンボだろ高校生は！」

なかなかに潔《いさぎよ》い。徒然ははっきりと答えた。

「A組の西島！」

ただその名前を言った瞬間、俺と龍虎の間で気まずい空気が流れる。

「あー……まぁ徒然が好きそうだな。ギャルギャルしてて……」

「だろ、イイよな！　顔が完全にタイプだわー！」

興奮する徒然。だが龍虎は複雑そうな表情。

西島とは、龍虎にちょっかいをかけていた橘らとよく一緒にいるギャルだ。

結果として橘は例の一件で新たな扉を開いてしまったが、それでも龍虎本人はまだモヤモヤしているだろう。西島に対しても、良い印象を持っているわけがない。

「そういや龍虎は西島のグループと仲良いよな。ファミレスの前で会った時も一緒にいたし」

「っ……」

もしやと思っていたが、どうやら徒然は奴らが龍虎にしてきたことを分かってないらしい。

あれほど不快な雰囲気だったのに、龍虎と橘らを仲良しと判断するなんて能天気がすぎるぞ。

「なあ龍虎、今度西島とかと一緒になったら、好きな男のタイプとか聞いといてくれよー」

「おい徒然……」

事情を説明しようとしたが、それよりも早く龍虎が応える。

「う、うん、良いよ……」

ここで事実を明かして空気が悪くなることを嫌ったのか、龍虎は俺の言葉を遮《さえぎ》るように了承した。そして俺にアイコンタクトを送る。「大丈夫だから」と言うように。

本当に大丈夫だろうか。一抹の不安を覚えたが、ひとまず西島の話は終わった。

「あとは、橋汰だな」

「えっ」

「言えよー、俺が言ったんだから」

カエラだ。と、言う勇気はなかなか出ない。

もしここで明かせば、不器用でアホな徒然は間違いなくギクシャクするからだ。

ただ仮にカエラと付き合うことになれば、いずれ他のみんなにも言わなければならない。

遊々にも、宇民にも。

「なんだよー、もしかしてあいつらの中にいるのかー？」

「なっ……」

無駄に勘の良いキノコだと、俺は狼狽《ろうばい》。龍虎もじっと俺を見て、答えを待っている。

言うべきか、言わざるべきか――。

「お、俺は……っ！」

「くかー、くかー」

「はぁっ？」

飛び起きて確認。徒然は唐突に夢の中へ旅立っていた。

「す、すごい寝つき良いね……」

「ああ、アホだからな……」

俺と龍虎は顔を見合わせて、大きなため息。

「……寝るか」

「うん……」

苛立たしい疲労感を抱えながら、俺も眠りにつくのだった。

＊＊＊

「……ん」

ふと、目が覚める。

時刻は午前四時。窓の外はまだ暗く、徒然も龍虎も眠っている。再び目を閉じるも、尿意が邪魔して夢の中には潜れず。

仕方なく俺は、足音を立てぬよう、静かに部屋を出た。

「ん?」

トイレへ行く途中。縁側に座り、真夜中の空を眺める人物がひとり。

「ありゃー、キョータに見つかっちったー」

金色の髪が月明かりを反射して、その情けなさそうな笑顔は、いっそう輝いて見えた。

「ほら、ホットミルク」

「あざー。あ、なんか良い匂い」

「シナモンシュガー入れたからな。飲み終わったら歯磨きするぞ」

「分かったよママ」

「誰がママじゃい」

月夜の縁側で遭遇したカエラ。ホットミルクを一口飲むと、ふにゃりと顔をとろけさせた。

俺のTシャツをダボっと着ていて、声や表情はいつもよりどこか丸い。全体的にダウナーな雰囲気を漂わせている、なかなか珍しいカエラだ。

「それでどうした。眠れないのか?」

「んーや、ぐっすり眠ってたけど……目が覚めて、おトイレ行ったら目が冴《さ》えちゃんで」

「あぁ、じゃあ俺と一緒だな」

ふたりで縁側に並んで座り、月明かりに照らされる庭を見つめる。

「やー今日は楽しかったねぇ。今日ってか昨日か」

「いきなりで目が回ったよ。めっちゃ楽しかったけどな」

「みんなともっと仲良くなれたよ。うたみんなんて一緒にお風呂に入っちゃって……ぐへへ」

「何をしでかしたんだおまえは」

「あんまり話したことなかった龍虎くんともいろいろ話せたし。あーしは満足じゃ」

「ちゃんとビビらずに踏み込めたか？」

「………………」

カエラはピタッと数秒ほど停止。

俺の顔を見ると、眉間にシワを寄せ、唇を尖らせ、頬を染めていく。

「ねー、忘れてって言ったじゃーん……」

「悪いな。嬉ションの方は忘れられたんだけど」

「忘れてないじゃん！　じゃん！」

カエラは憎らしそうに、俺の肩へ何度も頭突き。そしてグリグリとおでこを埋める。

『アタシは真逆。誰に対してもズバズバ言っちゃう。だからうたみんにも一回キレられたし。

分かっていても直らんのよなぁ……こんな奴ウザちウザちっしょ』

『そんなだから最近はちょっとだけ、人に踏み込むの、ビビっちゃったりビビビ……』

俺とコンビニに行った時、わずかに見えたカエラの弱み。忘れられるわけがない。

カエラはいつも楽しそうに笑っていて、誰に対してもビックリするくらいグイグイいって、誰とでも仲良くなる。良い意味で空気を読まないのが美点だと思っていた。

ただカエラはそれを自覚した上で、良い意味としてだけでは捉《とら》えていなかったようだ。

「はぁーなんで言っちゃったかなぁ、あの時のアタシ」

「はは、ポロっと出ちゃったな」

「ねー笑うなー。キョータムカつくー」

でも、俺とふたりきりの時にポロっと本音をこぼしてくれたのは、なんだか嬉しくもある。天真爛漫《てんしんらんまん》でいつも幸せそうなカエラの、本当の心。それを見せてくれたのだから。

ズルいというか、悪い奴だな俺は。

「でもキョータちゃんよ、人にはそんなダウナーな時だってあるじゃん？　だからもう忘れようや。こんな月がキレーな夜なのに、そんな話……」

「いや、そうやって逃げるな」

「うっ……」

「ごめんごめん。でも俺にも言いたいこと言わせろよ」

「ねー、キョータがアタシの中に踏み込んでくるー。助けてお月様ー」

夜空に穴を開けたような丸い月は、俺もカエラも平等に照らす。かぐや姫じゃあるまいし、助けを求めたところで誰も俺たちの邪魔に入ってきたりはしない。

「カエラのポロリを聞いてずっと考えてたんだけどさ」

「ポロリ言うなし」

「誰に対しても態度を変えないからこそ良いことだって、いっぱいあるだろ。逆に俺は八方美人っぽくなるのがイヤだなーって思う時もあるし。どっちもどっちだよ」

「うーん、そうだけど……」

「何より俺はこの前、カエラにバシッと言われて救われたんだぞ」

龍虎の件でウダウダ考えていた頃、カエラと繰り広げた陰キャ陽キャ論。あの時カエラからぶつけられた意見は、俺の偏りかけた思考をガラリと変えてくれた。

あの会話があったから、俺は自分の視野の狭さに気づいたと自覚している。

「でもソレもさ……正直よく分かってないのに、言いすぎたなーと思ってて……」

「カエラってアレだろ。自分で言ったくせに、あとでめちゃくちゃ後悔するタイプだろ」

「うっ……はい、そうでしゅぅ……」

「後悔はしても良いけど、自分は否定するな。おまえはちゃんと良い奴だよ」

「……うーん」

「それに相手に合わせる俺と、どんな時も自分を貫くカエラ。補い合っていけばいいじゃん。いつでもふたりでいたら最強じゃね」

と、言ってから少し恥ずかしくなってしまった。

いつでもふたりで補い合うなんて、それはまるで、恋人同士のようじゃないか。

俺はおっかなびっくり、カエラの顔を確認する。

カエラは無表情。驚いているようにも見えるし、言葉を選んでいるようにも見える。大きな瞳でじっと、見定めるように俺を見つめていた。

しかしてその反応は。

「――確かに！　アタシらふたりで最強じゃん！　最強のふたりじゃん！」

青天《せいてん》の霹靂《へきれき》といった表情で、大いに興奮していた。

変な雰囲気にならず安堵《あんど》しつつも、少し残念でもある。まぁ、可愛いからいいか。

なんだかむず痒くて湿っぽい話は、ここで終了した。

そろそろ寝なければと、ふたりでマグカップを片付けたのちに洗面台へ。

並んで歯磨きをしていると、カエラがぼそっと呟いた。

「なんであんな話、しちゃったんだろうねぇ。恥じゅい」

「こういう暖かいんだか寒いんだかよく分からない夜は、語りたくなるもんだよな」

「この話、絶対に誰にも言わないでね」

「もちろん。夜中の語りは、心の中に留めておくのが粋《いき》ってもんだ」

「なんそれ。変なの」

そう言ってカエラは、くすぐったそうに笑った。

そこでふと、口をゆすいで歯ブラシを片付けた時だ。カエラが鏡を見てピタッと止まる。

「どうした」

「あ、あのさキョータ……今、めっちゃスッピンだったわ……」

「え、気づいてなかったのか？」

鏡に映るカエラの頬は、少しずつだが確実に、紅潮していく。

「……もしかしてキョータ、ずっと気づいてた？」

「うん、スッピンも裸眼も最初から。てっきり気にしてないのかと」

「う、うにゅ……」

「カエラの瞳ってそんな色なんだな」

「ぎゃーーーーーーーっ！」

カエラは赤くなった顔を隠して、叫びながら去っていくのだった。

うむ、いいものを見た。

＊＊＊

翌日はみなバラバラに、のそのそと起きてきた。

お泊まり会の最後には全員でファミレスにて昼食をとり、解散という流れに。

「いやー楽しかったな！　また橋汰んち行くからな！」

「今度は夏休みとか？　もちろんキョータんちが良ければだけど」

「ああ、大丈夫だろ。でも今度はちゃんと連絡してから来いよな」

「わーってるって！　さ、帰ろ帰ろー」

「龍虎も気をつけて帰れよ」

「う、うん……泊めてくれてありがとう、橋汰くん……」

そうして突発的なお泊まり会は、最初から最後まで騒がしく過ぎていくのだった。


午後二時。

「この縁側から、かすかにラブコメの匂いが……」

「洗面所でも感じたわ。でも変ね、今朝は何も巻き起こってなかったはず……」

「遊々ちゃん、うたみん、ラブコメの匂いってなにー？」


午後四時。

「ねぇ上田。この漫画、六巻がないんだけど」

「あー！　遊々ちゃんがきょーちゃんのベッドで寝てるー！」

「むにゃむにゃ……えへ」


午後六時。

「あれ、このチョコもうないの？」

「えへ、最後の食べちゃった……」

「小凪買ってこようかー？」

「んー、じゃあここはトランプの罰ゲームで……」

「おまえらはいつまでいるんだよ！」

「⁉」

フリがたっぷり効いたツッコミに、遊々と宇民はビクッと肩を揺らすのだった。

第五章

陰キャと陽キャと、自由な世界

You-kya ni natta Ore no Seishun Shijo Shugi

「おおロキソニン！　トラップうまくなってきたな！」

「そ、そう？」

「マエストロな。もう何がなんやら」

お泊まり会から数日後。相変わらず俺《おれ》たちは昼休み、校庭でサッカーボールを蹴《け》っていた。

龍虎《りゅうこ》がサッカーの輪に入ったのは最近だが、今ではスムーズにボールを回せている。

ちなみに女子三人も先ほどまで一緒にプレーしていたが、現在は木陰でいちごオレなんかを飲みながら楽しそうに会話をしていた。

「軟弱な奴らめ」

「女子は今日の体育、ダンスだったらしい。疲れてるんだろうよ」

「サッカーは別腹だろうが！」

「知らんよ」

こうして男女交えて、もとい男子三人でボール回しを続ける。

そこで徒然《つれづれ》が「そういえば」と前置きして俺に尋ねる。

「来週のプレゼン、橋汰《きょうた》だったよな」

「ああ、そうだよ。面倒くせー」

我らがクラスでは入学して一ヶ月が経《た》った頃から、週に一回のロングホームルームにて定期的に行っている科目がある。

プレゼンテーション。自分の好きなことや詳しいこと、どうしても伝えたいことなど、なんでもいいから十分間スライドを使って発表する。ロングホームルーム一回につき四人がプレゼン。それをクラス全員が一周するまで継続して行っている。

きたる来週月曜日のロングホームルーム、俺の番が回ってくるのだ。

「何プレゼンするか決めてんのか?」

「いーや、まだ決まってない。正直だいぶ悩んでる」

「無趣味だもんなーおまえ。つまんねー奴《やつ》だな!」

カッカッカッと大笑いしながら悪態をつく徒然。

テキトーに作ったダサいスライド三枚で、まとまりのない海外サッカーの話を十五分以上もして強制終了させられたコイツには言われたくないな。

中学の頃の俺ならなんらかのアニメや漫画やラノベなどをテーマにしていただろう。

いろいろな経験を経て今ではオタク趣味を再開しているが、クラスの中ではまだ非オタな陽キャで通っているのでやりにくい。となると他に好きなものなんてない。

「何かテキトーにメシでも作って料理のプレゼンでもするかー。モテそうだし」

「不純だな！　恥を知れ恥を！　龍虎も何か言ってやれ！」

「えっ……あ、味見とかしようか？」

「あ、それはありがたい。よし龍虎、次の休みウチに来い」

「俺も行きまーす！　味見しまーす！」

「恥を知れ。砂利でも舐《な》めてろ」

「俺を仲間外れにするなーっ！」

　自分がいないところで楽しそうなことするの絶対許さないマンこと徒然は、今日も今日とて嫉妬《しっと》で喚《わめ》く。嫉妬心の強い奴ばかりだな、俺の周りは。

　ここでふと、徒然が校舎の方を指差す。

「お、あれ橘《たちばな》たちか。おーい！」

「えっ……」

　見ればA組の橘らのグループが通りかかっていた。龍虎は途端に体をこわばらせる。

　橘は俺と龍虎の並びを見るや、悔しそうに「キッ！」と睨《にら》む。なんかごめん。

「おまえらもやるかー？」

　徒然のこの誘いに橘は戸惑った様子。だが連れ立っていたひとりのギャルが鬱陶《うっとう》しそうな顔で橘を突き飛ばしてスタスタと歩いていくので、橘たちもそれについていくのだった。

去り際、彼女は振り返ってカエラたち女子三人組を一瞥。しかしすぐに向き直る。

その一瞬の行動が、少し気になった。

「なんだよ、つれない奴らだなー」

「徒然……誘うならせめて俺らに一言言ってからにしとけ」

「え、なんで?」

龍虎が橘たちに不快な思いをさせられていたことを、徒然は気づいていない。その鈍感さを愛らしく思うこともあるが、この場合はなかなかに厄介である。早めに教えておかないと。

「しかし、今日も西島《にしじま》は可愛《かわい》かったなぁ」

橘たちと一緒にいたギャルこそが、徒然が一目惚れしたと言う西島だった。

色黒で髪色も恰好も抜群に派手。何より、すれ違えば思わず振り返ってしまうほどに端正な顔立ち。風貌から何から、彼女を前にすると思わず気圧《けお》されてしまう存在感だ。

「龍虎は西島と同じ委員会なんだろ?」

「あ、うん……美化委員会で」

「良いなー。龍虎、俺の代わりにいろいろ聞いといてくれよー。好きなタイプとかさ」

「……無理に聞かなくてもいいからな、龍虎」

ここで昼休み終了五分前のチャイムが鳴った。女子たちと共にB組へ戻っていく。

そこで、前を歩く遊々《ゆゆ》のピンク髪に目が留まった。

「あ、おい遊々。髪に葉っぱついてる」

「あ、え……ありがとう橋汰くん」

「おまえはなんでそう、髪に何かをひっかけるんだ」

「え……なんでだろう」

「カエラが撮ったお泊まり会の動画でも、髪に菓子がついてるシーンがあったしな」

お泊まり会の日、カエラによって撮影された数々の動画は、その翌日にはグループチャットに送られた。どれを見てもみな楽しそうで、俺はつい何度も見返してしまっている。

「……うん、確かに……」

「鮭とばに関しては、どこから現れたのかも謎《なぞ》だしな」

俺らの始まりである鮭とば事変。なぜ高校に鮭とばがあるのか。なぜそれが遊々の髪に刺さっていたのか。思い返すだに不可解である。

ふと、遊々が妙な顔をしていることに気づく。

「……どうした遊々」

「……い、いや、なんでも……」

遊々は何か言い淀んでいるように見える。喉《のど》に引っかかっているような、そんな口調。

正直、俺は気づいていた。遊々はお泊まり会の日以降、少し様子がおかしい。いつもどこか上の空で、あまりえへへえへしなくなった。

何かあったのだろうか。少し心配だった。


その翌日のことだ。小さな事件が起きてしまう。

その日も俺たちは昼休みにサッカーをしていた。ただ龍虎だけは美化委員会の活動があって不参加だった。サッカーの帰り、ガヤガヤと話しながら俺ら五人は教室へ向かう。

その途中、階段の方から声が響く。

「そ、そうだったのか龍虎くん……!?」

「何ショック受けてんのよ橘。気持ち悪い」

龍虎が何やら階段の踊り場で絡《から》まれていた。相手はお馴染《なじ》みA組の橘と西島。龍虎はふたりを前に小刻みに震えている。

その空気を瞬時に察したカエラが、真っ先に俺に告げる。

「キョータ、行こ」

「ああ」

「おっ、あれ龍虎と橘と西島じゃん。俺も……」

「悪い徒然、おまえが来るとややこしくなる。宇民《うたみ》、こいつとここにいてくれ」

「うん、了解」

困惑する徒然と、それを制止する宇民。こういう時、宇民の冷静さは頼りになる。

遊々はというと、なぜか少し怖がっているようだ。

「おい、何してんだ」

「よーよーおふたりさん、うちの龍虎くんになんか用かーい？」

カエラのダサい絡み方はどうかと思うが、橘らは俺らの登場に決まり悪そうな顔をした。

「ち、違えよ上田《うえだ》！　ダル絡みしてたんじゃなくて、龍虎くんに話を聞いてたんだっつの！」

「何の話だよ」

「そ、それは……」

言い淀む橘はチラリと龍虎を見る。

龍虎は申し訳なさそうな顔をしながら、その言葉を否定しない。

「西島ちゃ、どゆこと？」

「えーアタシ分かんねー。つか青前《あおまえ》ファンデ濃すぎじゃね。白塗りのピン芸人かよ」

「そんな塗ってねーわ。そっちこそアイシャドウきつすぎて西の魔女みてぇになってんよ？　つーかそんなんどーでもいいわ。龍虎くんと何話してたんか言わんかい」

いやカエラ、メンタル鬼強かよ。

A組が誇る黒ギャルとB組が誇る白ギャルがいきなり踊り場でディスり合い。そのバチバチな世紀の一戦を前に、俺と龍虎と橘は「ひぇぇぇ……」と気圧される。

カエラのしつこさに観念してか、西島が面倒くさそうに説明する。

どうやら委員会で一緒になった際に、龍虎が西島に対して尋ねたのだという。

好きな男のタイプは、と。

「あぁー……」

俺はすぐさま勘づいた。徒然が龍虎に頼みこんでいた件だ。素直にも龍虎は言われた通りにしてしまったのだ。別に徒然の頼みなんて無視しときゃいいのに。

「アタシに気があるんはいいけどー、ちょっと急すぎっしょ。見た目のわりにがっつくねぇ。ときめいちゃったわアタシ。ウソだけど」

甲高い声で笑う西島。何も知らずバカにするようなその態度には、怒りしか湧かない。

「違えよ、龍虎は別の奴から頼まれただけだ。龍虎がおまえみたいなの好きになるかよ」

「えーそうなん、ザンネーン。そういやその子オタクだっけ。じゃあもっと陰キャのオタ受けしそうな地雷メイクしよっかなー。アニメ声でしゃべってさー。キャハハハ」

あぁダメだなこいつは。見下してる相手はとことんバカにする、俺が一番嫌いな陽キャだ。俺らに向けるその瞳《ひとみ》すら、マウントを取る気配がプンプンとしている。こいつと会話することはきっと、何の意味もなさない。

「おい、龍虎くんに嫌なことばっか言うな西島！　龍虎くん、俺龍虎くんが好きって言ってたアニメ見たぞ！　なんかすごい動いてたな！　今度一緒に話そう、ふたりきりでな！」

橘、おまえは完全にそっち側へ行ったんだな。いいじゃないか、前より輝いてるよおまえ。

達者で暮らせ。

西島にもっと言いたいことはあったが、これ以上龍虎を発端にして大ごとにはしたくない。

なので橘と西島へこの場を去るようシッシとジェスチャー。

西島は最後まで龍虎や遠巻きに見ている遊々や宇民へ、蔑《さげす》むような目を向けていた。

そうしてホッと一息ついたのも束の間、突如背中に強烈な圧を感じた。

「……なぁ橘汰」

「うおっ、徒然⁉」『うわぁ、びっくりちゃん！」

離れたところで待たせていたはずの徒然が、いつの間にか背後に立っていた。俺とカエラは思わず仰天。

「ごめん……小笠原《おがさわら》、宇民が申し訳なさそうな顔で告げる。

徒然の顔は、珍しく無表情。怖いほどに落ち着いている。

「もしかして……龍虎って橘とか西島にイジメられてたの？」

先ほどまでの俺たちの雰囲気を見て、流石の徒然も察したらしい。

「……いま気づいたのかよ」

のちに知る。その表情は、徒然が本気でキレる直前のものだった。

「おい徒然ッ！」

徒然は野生動物のような速度で階段を駆け上り、橘に突っかかった。

「橘ァ！　テメェこの野郎！」

「うわ、小笠原⁉」

「てめえマカロニマンに何してんだオラァ！」

「マカロニマンって誰《だれ》だよ！」

俺とカエラが引き剥《は》がそうとするも、徒然はビクともしない。橘から離れようとせず怒りをぶつけ続ける。突然のことに橘は面食らっていた。

「やめろ徒然！」

「ストップ！　ストップだよー徒然！」

「うおらあああ！　マカロニマンに謝れえええ！」

龍虎や遊々は青ざめながら右往左往。宇民は先生を呼んでこようと駆け出す。そして西島は「キャハハハ！」と心底愉快そうに笑いながら、徒然と橘にスマホカメラを向けていた。

現場は大いに騒然としていた。その時だ。

「そこまでです」

突如響いた声。声の方を見ると、上階で仁王立ちする人物がひとり。

「私が来たからには、トラブルは基本的に許しませんよ」

「「小森《こもり》先生！」」

基本的にって何だよ。

小森先生は一度場を収めると、放課後その場にいた数人と個別での聴取を執り行った。具体的には宇民と遊々以外の六人だ。

宇民は俺たちに「しっかりお勤めしてきなさい」とキツめのジョークを浴びせて笑う。

遊々は、心ここに在らずといった様子がさらに濃く見られた。喧嘩《けんか》を目の前にしたショックもあるのだろうが、きっとまた別の理由もある。

喧嘩の際に俺は、とある気になる光景を見た。それが関《かか》わっているのだろう。

ただ遊々は宇民と共に帰っていったので、結局その話はできず。何やらひとりでいろいろと抱えていそうなその小さな背中を、見送るしかなかった。

俺の聴取は龍虎、カエラ、西島に次いで四番目。その後に当事者の橘、徒然という順番のようだ。橘は少し可哀想《かわいそう》だな。

場所はもはや常連、進路指導室。対面に座る小森先生という構図はもう見慣れたものだ。

「——なるほど、分かりました」

俺の説明を聞き終えても、小森先生は硬い表情を崩さない。珍しく真摯《しんし》な様子だ。

「他の皆さんの意見と大きな差異はありませんね。おおよそ小笠原くんが悪いと」

「間違いないですね。よりにもよってあいつの正義感と鈍感力が合わさって、最悪の事態を招いた次第です。橘は全然悪くないです」

「そうですか。可哀想なことをしてしまいました」

「ええ本当に」

「でも私もそれなりに可哀想ですよね。大人というだけでポリ公みたいなことさせられて」

「気持ちは分かりますが、あまり口に出さない方がいいかと」

あと教師がポリ公ってなんだよ。

「お腹《なか》が空いたのでパンを食べますね」

小森先生はでっけぇフランスパンをバリバリ食べ始めた。が、それくらいではもう驚かず。俺の前ででっけぇフランスパンを食べてこその教員小森なのだから。

「もう帰っていいですか？」

「ダメに決まっているでしょう。上田くんが出て行ったら橘くんが入ってきてしまうじゃないですか。でっけぇフランスパン食べてるところを生徒に見せられるわけがないでしょう」

でっけぇ矛盾が目の前を通り過ぎて行ったが、俺は笑顔で見送った。

俺の聴取をもぐもぐタイムで彩《いろど》る小森先生にはわずかな苛立ちを抱きつつも、俺自身も彼女に聞きたいことがあった。なのでここはこの状況を利用させてもらう。

「聞きたいことがあるんですけど、龍虎は橘についてどう言っていましたか？」

「特には。今回に限っては橘くんを庇《かば》っていましたね」

今回に限って、とは？

そんな疑問が顔に出ていたのか、小森先生は続ける。

「実はちょっと前にも、三井《みつい》くんとふたりでお話ししたんです。三井くんが上田くんと交流を持つようになってすぐの頃ですね。橘くんらの処遇に関して」

「ああ、そうなんですか」

決定的瞬間は見ていないにしろ、橘たちの龍虎への態度から、小森先生は不穏な空気を感じ取っていたという。そんな龍虎に味方ができたことで、告発もしやすくなっただろうと考え、小森先生は龍虎に尋ねたのだ。橘たちを、どうするか。

「でも三井くんの答えは、特に何もしなくていい、とのことでした」

「あー、そうすか」

橘の本心は俺たちの想像の斜め上だった。とはいえ、龍虎が不快な思いをしたのは事実だ。だから多少の制裁はあってもいいと思うが、龍虎はそれを断った。

「何よりもう大事にしたくないとのことです。疲れちゃいますからね」

「……なるほど」

何をもって許すか。そもそも許すか、許さないか。人によって答えは違うのだ。

龍虎と橘の関係は複雑なままだが、一旦《いったん》はひとつの終わりを迎えたと思っていいだろう。

「……それと、小森先生。もうひとつ聞きたいんですけど」

「はい、なんでしょう」

「遊々と西島って、もしかして同中とかですか？」

この質問は予想外だったらしく、小森先生はフランスパンから俺へ目線を移す。

見定めるような瞳で俺を見つめたのち、答えた。

「はい。中学三年時、同じクラスだったようです」


進路指導室でのずっしりした空気から解放された俺の身体は、とにかく強い炭酸を欲した。

そこで校舎内にある自販機コーナーへ足を運ぶと、あまり会いたくない奴がいた。

「お、ちーっすお疲れーい」

俺の顔を見るとなぜか上機嫌に挨拶《あいさつ》。西島はひとり自販機横の床に座り、缶ジュースを傍《かたわ》らに置いてビーフジャーキなんかを食べながらスマホを眺めていた。

「……早く帰れよ」

「アタシの勝手だしー。ここはみんなの自販機コーナーなんですけどー？」

なんかもう話すのも疲れる。とっとと買うもの買って去ろう。

そう思って自販機の前に立つと、うっすらと荒々しい男の声が聞こえてくる。その発信源は西島が眺めているスマホだった。

「何見てんだ。なんだその音」

「これ？　さっきの動画ー、いいっしょー」

西島が見せてきたのは、先ほどの徒然と橘との摑《つか》み合《あ》い動画。そういえば撮影していたな。

「……なんでそんなん見てんだよ」

「えー良くねー？　喧嘩の動画とか好きでよく見てるんよーアタシ。海外のやつとかよくあるじゃん？　日本語じゃねーからなんで喧嘩してんのか分かんねーけどさ、路上でボコり合ってるのとかちょーウケる」

「悪趣味だな」

だからそんなに上機嫌なのか。お好みの喧嘩動画を自ら撮影できて。

なぜか会話が成り立っているので、俺はひとつ話題を振ってみる。

「おまえと遊々、同中なんだってな」

その問いに西島は、一度きょとんとしたのち薄ら笑いを浮かべる。

「あぁ七草《ななくさ》のことね。下の名前なんて知らねーよ」

「中学時代のことはまぁ置いておいて……さっきの喧嘩の時、遊々になんか耳打ちしてただろ、おまえ」

小森先生が徒然と橘の間に割って入った時のこと。西島はスマホ撮影をやめると、遠巻きに見ていた遊々の元へスッと近寄った。そうして数秒ほど遊々の耳元で何かを言ったのち、その場を後にした。遊々はその時明らかに、動揺していた。

「あの時、遊々に何を言ったんだ？」

「えーなんて言ったたっけなー？」

「とぼけんなよ」

「もしかしてアンタ、七草のこと狙《ねら》ってる系ー？　趣味わりーねー。あぁでも乳はでけーか」

「…………」

ただただ無感情で見下ろしていると、西島は薄笑いから鬱陶しそうな顔に。そうして舌打ちを前置きすると、ビーフジャーキーをかじりながらつまらなそうに告げる。

「忠告してやったんよ」

「忠告？」

「その髪、陰キャが頑張っちゃいました感が痛いからやめればって」

「…………」

「アタシってばやさしー」

西島は声を上げて笑う。それがあまりに耳障りで、口にスマホを突っ込みたくなる。

「最低だな、おまえ」

「そーおー？　こういうのってアンタらが言ってやんなきゃダメじゃね普通？」

「そうやって中学の頃から、遊々をからかってきたのか」

「そうでもないよーん。今ってほら、イジメとかうるせーからさ。ちょくちょくからかって、いやジョークですよって逃れたりして。中学の七草なんて陰キャ中の陰キャだったからさー。

まぁ今でもだけど。ほらこの動画にも一瞬映ってるー、キャハハ！」

西島が撮った動画、徒然が橋に摑みかかっているその背後では、小さく遊々も映っていた。が、このカメラの存在を確認すると、怯《おび》えるように慌てて画角の外へと消えて行った。

聞くべきことは聞いた。これ以上こいつと話していたら手が出てしまいそうだ。

俺は無言で立ち去ろうとすると、背中に声がかけられる。

「つーか上田だっけ？　アンタもさー」

「…………」

「もしかして、陰キャなんじゃね？」

「ッ！」

「なーんかそんな匂《にお》いがすんだよねー。七草と同じ、陰キャが無理してる感っていうかー」

何も答えぬまま、俺はその場を去っていく。

心臓の鼓動は、しばらく嫌な音を響かせていた。

＊＊＊

「あ、きょ、橋汰くん……おはよう」

朝の昇降口。俺と遊々はバッタリ遭遇した。

教室に向かいながら、遊々が真っ先に話題に出したのは昨日のことだ。

「き、昨日、大丈夫だった……？」

「小森先生との話し合い？　俺は全然。普通に状況を聞かれただけだし。ただ徒然はけっこう長いこと捕まってたなー」

あの後、俺とカエラと龍虎は教室で徒然の帰りを待っていてやった。戻ってきた徒然は心底くたびれた様子だった。

それでも自業自得なので俺とカエラが一発ずつ蹴りを入れたのち、四人で共に帰った。

「そ、そう……」

遊々の表情は相変わらず晴れない。会ってからずっと目線も合わない。

「……遊々、大丈夫か？」

「な、何が……？」

「昨日、西島からなんか言われてたろ」

「だ、大丈夫だし！」

食い気味に制された。遊々にしては珍しい反応だ。見方によっては拒絶とも取れる。

その反応を見るに、西島に対して嫌な記憶があるのは間違いないのだろう。

「遊々、あのさ……」

そして、気になっていることはもうひとつある。

「……西島だけじゃないだろ?」

「……え?」

「勘違いかもだけど……俺の家に泊まった日から、少し元気ないように見えるんだ」

「…………」

「なぁ、何か……」

「そんなことないよ」

やっと目が合った遊々は、ぎこちない笑みを浮かべて見せた。

「全然、元気なくないし。大丈夫だよ、橋汰くん」

「……そうか」

変わらず、俺の斜め後ろで歩《ほ》を進める遊々。

そんなに切ない顔するなよ。もっとえへえへしろよ。

なぁ遊々、一体何を隠してるんだ。ウチに来て何を抱えてしまったんだ。

心でいくつもの疑問が沈殿していく。ついぞ聞けないまま、俺たちは教室に着いた。


「俺はサッカーしてる橋しか知らなかったからなぁ」

徒然は、ため息をつくように呟いた。

休み時間、俺と徒然は中庭のベンチに座り、コーヒー牛乳をすする。

「龍虎にちょっかいかけてたなんて……」

「まぁ正確には橘が、下手なアプローチを仕掛けてただけなんだけどな」

「でも西島は違うんだろ？　見る目ねえなぁ俺……」

この大男が、珍しく落ち込んでいた。

「うん、おまえはマジで鈍感すぎる」

「おい慰めねえのかよ！　そりゃバカな俺が悪いけどよ！」

ぐおぉぉと唸《うな》り声を上げる徒然。こいつの場合、陽キャが過ぎるせいかどんな相手でもまずポジティブな印象から入るのだろう。それはそれで、素晴らしい個性だと思う。

「知らねえことばっかりだなぁ俺……」

「そんなことないだろ」

「橋汰、西島が言ってた『インキャ』って、何のことなんだ？」

「お、おぉ……」

突然の質問にいろいろな意味で驚く。そうか、知らないか……。

「大人しくて、ネガティブな感じの人間のこと、かな……その逆が陽キャ」

「うーん……遊々とか龍虎が？」

「そのふたりは自分でも認めてるな。俺も中学まで陰キャだったし……あと宇民もか」

「宇民？　あいつはうるせーだろ」

「いやそうだけど……俺らと遊ぶ前は、とっつきにくかったろ？」

徒然の認識では、その線引きは難しいらしい。頭を抱えながら叫ぶ。

「あーーー分っかんねえよ！　俺そんな風に友達を分けたことねえもん！」

「っ……」

チクッと胸に小さな痛みが走る。

うまく言えないが、徒然のその本音は、心に留めておかなければいけない気がした。

「……悪い徒然。今のはなしだ。そんなの知る必要ない。そもそも陰キャってのは悪口だし、理解しなくてもいい」

「おぉそうか。じゃあ知らね！」

考えるのを放棄した徒然。机の上であれば褒められたことではないが、この場合においては正しい行為だと、俺は勝手に解釈する。

「とにかく、昨日のは反省しとけ。もう勘違いで突っ走るなよ」

「わーってるよ、ウッセーな！」

徒然はいつでも、どんな時でも、純粋でまっすぐだ。

だから、愛されるのだ。


昼休み。俺たちはいつものように校庭でサッカーをするが、その熱はいつもとまるで違う。

「ちょっと待て……休憩させてくれ」

くたびれきった俺と龍虎と遊々へ、徒然から喝が飛ぶ。

「だらしないぞおまえら！」

「徒然アンタ、ストレス解消にアタシら使うなし」

徒然は昨日のモヤモヤを打ち払うためか、いつも以上に激しいサッカーを求めた。元サッカー部のこいつが本気を出せば、俺らがついていけるわけがない。

「はいはいきゅーけー。みんなケガしちゃうよ」

「私、水飲んでくる……」

「おう、気をつけてな」

遊々はフラフラと水飲み場へ歩いて行く。カエラと宇民はまだ体力が有り余っているのか、徒然に付き合っている。カエラはともかく宇民もけっこう動けるようだ。

するとと木陰では、俺と龍虎がふたりきり。

「すまんな、龍虎」

「え、何が……？」

龍虎は汗をTシャツの裾《すそ》で拭いながら、首を傾げる。

いや見える見える。見えちゃうって、白い肌が。

「俺らのせいで、大事になっちゃって」

「い、いや、元はといえば僕が……」

「おまえはもう、橘たちと関わりたくなかったんだろ？」

龍虎は、少しだけ考えるように沈黙。顔を上げると、真剣な眼差《まなざ》しを向けてきた。

「正直そう思ってた。関わらないなら、それに越したことはないって……でも今は違うよ」

そう言って龍虎は、苦笑する。

「ちゃんと目を見て話したら、橘くんは思ってた人とはちょっと違ったから……」

結果的に、ちょっとどころじゃなかったけどな。

「で、でも西島さんは、正直まだ嫌だ。あまり関わりたくない。だけど、廊下ですれ違った時とかにビクビクするのは……もう嫌だ」

龍虎は、強い意志のこもった瞳を俺に向ける。

「ぼ、僕は、陰キャだ」

「え？」

唐突な言葉に少し驚いた。なんの話だ？

「たぶん橋汰くんみたいに陽キャになるのは、無理だと思う。一生陰キャかもしれない。でもそれでもいいって、今は思う」

「え……？」

龍虎は強く、言い放った。

「僕は、頼れる友達がいる陰キャになったから」

「っ……」

「だから、陰キャでも良いんだって自信が持てたというか……変に卑下するのはやめたんだ。だから弱い自分と決別するために、これからも頑張るよ」

龍虎は「ちょっと言いすぎかな」と顔を赤くするので、俺は首を横に振る。

龍虎は、ほわっと微笑むのだった。


五時限目の休み時間。俺は廊下にて、大量のノートを持ってフラフラ歩く人影を見つけた。見覚えのある小さな背中だ。

「宇民、それ職員室までか？　半分もらうぞ」

「あ、上田……ありがと……」

俺と宇民はノートを持ち、並んで歩く。

「今日の昼休み、ずいぶん元気だったな」

「あー、私も私でストレス溜《た》まってたから。昨日のことで」

「そうなのか？」

あの事件の時の宇民は遠巻きに見ていただけ。真っ先に先生を呼びに行こうとしていたし、なんならあの現場で一番冷静だった。

が、宇民の怒りの着火点はまた別のところにあった。

「知ってる？　遊々と西島って同中なんだって」

「……あぁ知ってるよ」

「ずっと気になってたのよね。廊下とかですれ違うたびにあいつ、遊々を小馬鹿《こばか》にしたような目をしてきてさ。別の同中の子に聞いたら西島のやつ、遊々をよくからかってたんだって」

「……そうなのか」

「それで昨日よ。西島の奴、どさくさに紛れて遊々になんか耳打ちしててさ。それからずっと遊々の様子がおかしくて……いや、おかしいのはもっと前からだけど」

「宇民も気づいてたか」

「当たり前でしょ。お泊まり会のあたりから変だし。それより西島よ。一体何を吹き込んだのかしら……場合によっては記憶飛ぶまで殴ってやる」

俺は、真実を喉の奥へとしまった。

イキリオタクで遊々と仲良い宇民に言ってしまえば、また揉《も》め事《ごと》が発生してしまうだろう。記憶は絶対に飛ばないだろうけど。

しかし、宇民も遊々のことをよく見ている。遊々はひとりで何か抱えているが、相談できる相手は俺以外にもいるじゃないか。

「西島の奴……今度見かけたら足首蹴ってやろうかしら」

「やめとけ。確かに、蹴りたくもなるけど」

「でしょ⁉　だいたい陰キャに対してあやってマウントを取る陽キャはね、何かしらコンプレックスを抱えてるもんなのよ！」

「それはそれで偏見だけどな」

「あぁん⁉」

三十センチほど下方から猛烈に睨みつけてくる宇民である。

「ちなみに徒然は宇民のこと、陰キャには見えないって言ってたぞ」

「はぁ？　てか小笠原は陰キャ陽キャって言葉がよく分かってないだけでしょ」

ごもっとも。

「私は陰よ。陽キャなんて疲れるじゃない。四六時中ウェーイしなきゃいけないなんて」

「それも偏見じゃね」

「上田んちに泊まった時は、まあまあ騒いでたけどさ。楽しかったな」

宇民は思い出を嚙《か》みしめるように笑う。

「あれは陽キャ的かと言われたら、また微妙だけどな」

「そうね、ほぼ部屋に篭ってたし。線引きが難しいわ」

「そもそも陰キャ陽キャなんて俗語だから、はっきりした線引きなんて無いだろ」

なんだか不思議な会話になってきたところで、宇民がポツリと呟く。

「陰キャと陽キャってさ……陰キャの方が、言葉としては先に生まれたのかな」

「そうじゃね。ネクラに対するネアカみたいなもんだろ、陽キャは」

「ってことは陰キャと陽キャの区別って……人を馬鹿《ばか》にする意識から、全《すべ》て始まったわけだ」

話が深みへ深みへと潜っていく。それでも宇民は、ケロッとした顔で言い放った。

「でも私は、陰キャって言葉自体は、そんなに嫌いじゃないのよね」

「え……」

考えながら言葉にしているのか。宇民は何度か頷《うなず》きながら、独り言のように語る。

「さっきも言ったけど私は陰キャの自覚あるし、陰キャらしい生活を心から楽しいと思うわ。だからなんというか……陰キャですが何か、ってスタンスが好きなの」

「……なるほどな」

宇民による陰キャ論は新鮮で、ラムネを噛んだ時のような感覚が脳内に駆ける。

龍虎にも近い、陰キャである自分をあるいは誇りに思うような考え方。

少しだけ、耳が痛い。

「でも、西島みたいなのから『陰キャ』って言われたら、もちろん腹立つけどね。そういう意味では陰キャって言葉は、まだまだ蔑称《べっしょう》ってことね」

「確かに。総理大臣に、陰キャは蔑称じゃないって宣言してほしいところだな」

「ふふ、バカじゃないの。それに宣言されたところで、本当の意味で蔑称じゃなくなるまでは果てしなく長い道のりになるわよ」

「だろうなぁ」

宇民との、謎に白熱した議論。最後には両者とも遠い目をしてしまうのであった。

期せずして様々な陰キャ論を聞いた俺は、HR前の清掃の時間にて、試しにカエラにも意見を仰《あお》いでみた。すると、まず返ってきた言葉がこれだ。

「私、差別がちょーーーぜつ嫌いなんよー」

鋭く、力のこもった言葉。カエラはガシガシと窓を拭きながら語る。

「子供の頃からずっと男子に混じってサッカーをやってたんだけど、常に言われてきたんよ。女だから男には勝てるはずないとかなんとか」

「あー……」

「それにオコちゃんでさ、ちょーぜつ練習したんよアタシ。で、少しずつ男子とも戦えるようになるっしょ？　したら、今度はなんて言われたと思う？」

吐き捨てるように言った。

「女なのにスゴいねって。あーーーこれムリーーー、って思ったよね。したらどんどんモチベ下がって、サッカーするのがイヤちになっちゃった」

カエラは苦笑しつつ「遊びでやるのは楽しいけどね」と補足する。

「てなわけでアタシは差別がイヤち。だから陰キャ陽キャって言葉もイヤち」

カエラらしい意見だ。だから俺が元陰キャ告白をした時、珍しく怒っていたのか。

「キョータは今でも『俺は元陰キャだ』って意識なの？」

「いや、それはあんまり……でも陰キャ陽キャをひとつの個性として捉《とら》えるのは面白《おもしろ》いかも、とは思い始めてるな」

宇民と龍虎の見解を聞いて、嚙み砕《くだ》いて、俺の中に生まれた考え方だ。

ただカエラは、あまり良しとしないらしい。

「えー、陰キャ陽キャって線引き自体いらなくね？　第一、陰キャって悪口じゃん」

「その気持ちも分かるけど……でもさ、差別はダメだけど、違いって楽しくね？」

「あー……」

カエラは顎に手を当て、考える。

「……でもやっぱ、そもそも無くてもいい線引きを作ること自体、アタシは違和感すわ」

「カエラはそれでもいいんじゃないか。いろんな考えがある方が……」

「でもでもー」

カエラは俺の言葉を制して、告げる。

「アタシ、ゆゆゆとか龍虎くんみたいな大人しい感じの人と、一緒に泊まるほど仲良くなったことはなかったんだ。だからなのかな……キョータんちに泊まった時ちょーぜつ楽しかった。

新鮮だった。好きなことやってるみんなを見てるのも楽しくてさ」

「そうだな。楽しかったな」

「で、今よ。『違いって楽しいじゃん』って言われた瞬間、真っ先にその感覚を思い出しちゃ。だから、そゆことなんかな……ごめんち、よく分からんち」

「いや分かるよ、何となく」

脳を使いまくったらしい。カエラは唸りながら頭を抱える。が、即座に顔を上げた。

「ただこれだけは言える！　西島ちゃは嫌い！」

「それはそうだな」

「クソー、あのかわい子ちゃんめ！」

「褒めちゃったよ」

「だってスルメ食べてる姿すら可愛いんだよ！　ずるち！」

「スルメ？」

いきなり何を言っているんだ、と首を傾げていると、カエラもまたきょとんとする。

「え、西島ってよく食ってるじゃん、スルメ」

「そういや、ビーフジャーキー食ってるのは見たな」

「そうそうそれよ。おつまみ系をよく食べてるよ。変わってるよねー」

「……なるほど」

俺はひとつ、静かに理解する。その直後、清掃終了のチャイムが鳴り響いた。

＊＊＊

金曜の七時間目が終わり、教室が瞬《またた》く間に解放的な雰囲気になると、担任の小森先生が教室に入ってきて俺を呼んだ。

「月曜のプレゼン、テーマをまだ教えてもらってませんよ」

「ああ、そうでしたっけ」

前述したロングホームルームのプレゼンについて、次回の発表者は金曜日までに小森先生にテーマを報告しておく必要があった。いろいろあってすっかり忘れていた。

「好きな料理を自ら作って、普段何気なく食べているものがどんな工程を踏んでできているかをまとめます。味の感想は、友達からも意見を聞いたりして」

「なるほど。ただ料理を作るだけの無難でありきたりなテーマを、言葉巧みにプレゼンとして昇華させるのは得意そうですからね。私からは特に文句はありません」

すっごい文句あるように聞こえるなぁ。

そんな顔をしていると、小森先生は肩をすくめる。

「すみませんね。上田くんならシビれるテーマでやってくれるのではないかと、個人的に期待していたもので」

「それは一体どういうテーマを期待していたんですか？」

「せっかくクラス全員の前で発表するんですからね。こう、譲れない思想や哲学のようなものを演説してくれるかなと」

「俺がクラスでどうなることを望んでいるんですか」

冗談なのか本気なのか分からないことを言って、小森先生は去っていく。

そこでふと、目の端に遊々が映る。

「…………」

頭で考えるよりも先に、俺は小森先生を追いかけていた。

「先生、すみません。進路指導室のパソコンって使えませんか？」

「はい、あれは生徒や教員、誰でも使用できるパソコンですからね」

「ならプレゼンのスライドを、進路指導室で作成していいですか？　俺と……あと七草に手伝ってもらいたいなと」

小森先生は俺、そして自席に座る遊々を交互に見つめる。

プレゼン資料を作るだけならパソコン室を使えばいい。そう言われてもおかしくなかったが、小森先生はなんでもないように答える。

「分かりました、頑張ってください」

俺が進路指導室を使用する。その本当の意味を、小森先生は知っているのだ。

俺は遊々に、ひとりで作業しているとサボってしまうからそばで自習でもしながら見ていてくれと頼んだ。遊々は了承。カエラと宇民は何やら察した様子で、俺たちには触れず。徒然が割って入ろうとするところを殴る蹴るなどの暴行を加えて阻止もしてくれた。

どうやら宇民だけでなくカエラも、遊々の様子がおかしいと気づいていたようだ。

龍虎はあまりピンときていない様子だったが、俺が進路指導室を使うという点で、ある程度理解したのだろう。一部界隈《かいわい》において、俺は進路指導室の主《あるじ》になってしまったようだ。

そんなお膳立てもあり、俺は進路指導室にて遊々とふたりきりになることに成功した。

「…………」

「…………」

ノートパソコンでスライドを作成する俺と、教科書とノートを広げて自習をする遊々。

対面に座っているにもかかわらず、ふたりの間に流れる空気はどこか重い。ほんの少し前の遊々なら頻繁に顔を上げては俺を見て、えへえへ言っていたはずだ。

ただこれは、遊々の口を重くさせている何かを明らかにするために作った状況である。

前に龍虎相手にも使った手だ。陰キャはふたりきりの状況になれば、本音を吐いてくれる。

先生には悪いがプレゼンなどどうでもいいのだ。

ゆえに俺は、遊々の心へ踏み込む。

「聞いたよ。遊々と西島って、同中なんだってな」

遊々は顔を上げ、複雑そうな顔で小さく頷く。

「西島って中学時代からあんな感じなの？　派手で、人をバカにしくさって」

「……うん」

その名前が出ただけで、遊々はさらに声のトーンを落とす。

西島の話はしたくない。そう顔に書いていているのを分かっていながら、俺は告げた。

「なぁ遊々、間違ってたらごめんだけど……」

「な、何？」

「あの、鮭とば……」

「っ！」

俺と遊々の始まり。あの日、遊々の髪にくっついていた鮭とば。

「あれ、西島につけられたんじゃないか？」

カエラから聞いた西島の嗜好《しこう》。スルメやビーフジャーキーなど酒のアテのような物を好み、学校でも持ち歩いているほどだという。その話でピンときた。鮭とばなんて学校にあることもおかしければ、それが遊々の髪に偶然引っかかっているなんて、ありえないのだから。

遊々はシャーペンを握ったまま、しかし動くことはない。目線をノートに落としながらポツポツと話しだした。

「……あの日、橋汰くんに会う前、水道のところにいて……」

「うん」

「そこに西島さんが、いて……鮭とばを食べながら、私のことニヤニヤしながら見てて……」

「……うん」

「つけられた瞬間は気づかなかったけど……橋汰くんに取ってもらった時、すぐに分かった。西島さんに意地悪されたんだって……」

「……遊々、ごめん。もういいよ」

遊々はスンッと鼻を鳴らし、小さく頷く。

当たってほしくない予想が、当たってしまった。いかにもクソ陽キャな西島がやりそうな、くだらない悪戯《いたずら》だ。俺の中でさらに西島への怒りが湧き上がる。

「……でもさ、あの時の遊々と今の遊々は違うだろ？」

「え……？」

「見た目がさ、髪を染めてオシャレになってさ。そのピンク髪、マジで似合ってるよ。お世辞でもなんでもなく。すごい垢抜《あかぬ》けたよな」

遊々はきっと、昨日西島に耳打ちされたことを気にしている。陰キャが無理してる感とか、そんなこと全然ないのに。だからまず、心に刺さったその言葉のトゲを取り除かなければ。

俺が訂正してやれば、きっとまた自信を持ってくれるはずだから。

「今の遊々は変わったよ。だから……」

「ねぇ、橋汰くん」

俺の言葉を遮《さえぎ》るように、遊々はいやに落ち着いた声で語りかける。

「どんなに頑張っても、絶対に陽キャにはなれない陰キャもいるんだよ……」

「えっ……」

絶望が遊々の顔に滲《にじ》む。そして、切迫した悲痛な口調で語る。

「わ、私はっ……橋汰くんみたいに、陽キャにはなれない……」

「遊々、ちょっと待て。なんでそんな……」

「カエラちゃんのっ、動画……」

「え？」

「カエラちゃんが、みんなに送った動画……」

「ウチに泊まった日のか？」

コクンと頷く遊々。

カエラはお泊まり会の日、遊んでいる様子や食事の場面を思い出に残そうと、何度かスマホで撮影して、翌日それを全員のグループチャットに送っていた。

そのどれもが微笑ましく、俺は今でもたまに見返してしまうくらい好きな動画だ。

しかし、遊々にとっては違った意味を持っていた。

「わ、私って――気持ち悪い……」

「え？」

「わ、笑い方が変だし、表情もぎこちなくて……私ひとりだけ、気持ち悪くて……」

「おい遊々……」

「ギャルに、陽キャになってるつもりだけど……動画の私は、思っていた私と違くて……」

ついに、遊々の声が湿り気を帯びていく。

「それに……お泊まりの日、みんなとワイワイしてるのは楽しかったけど、なんかずっと胸がザワザワして、落ち着かなくて、緊張しちゃって……だからずっと小凪ちゃんと話してた」

遊々は頭を抱えて、苦しそうに、情けなさそうに声を震わせる。

「だから私は陰キャなんだって……どんなに外見を取り繕《つくろ》っても、どうにもならないんだよ……私は全然、橋汰くんと一緒じゃなかったんだ……っ！」

遊々は耐えられなくなったのか、教科書などを雑にカバンにしまう。潤《うる》んだ瞳で「ごめん」と言い残すと、逃げるように進路指導室から走り去っていった。

「遊々……」

追いかけるべきだと思った。だが追いついたところで何を言えばいいか、分からなかった。

ゆえに俺はひとり進路指導室でバカみたいに、呆然《ぼうぜん》とするしかなかった。

だから遊々はあのお泊まりの日以降、笑わなくなったのだ。

理想の自分と乖離《かいり》した、動画の中の自分に失望し、ずっと苦しんでいたのだ。

そこへきて西島のあの耳打ち。期せずして西島は、傷口に塩を塗っていたようだ。

だが、遊々を傷つけ、笑えなくさせたのは西島だけではない。

「俺の、せいだ……」

お泊まり会の日、脱衣所で聞いた遊々の言葉を思い返す。

『橋汰くん、すごいね……陰キャから陽キャに、なれて……』

『橋汰くんは頑張って陽キャになれたのに……』

『それに私は、橋汰くんが元陰キャだって聞いて、嬉《うれ》しかったし。わ、私と一緒だから……』

これらを耳にした時点で俺は、訂正すべきだった。

俺が自慢げに、さも陰キャから陽キャへとステップアップしたかのような態度でいたから。

陰キャ陽キャの上下関係を際立てるような言動をしてきたから。

純粋な遊々は、俺のその浅薄な価値観を素直に受け取ったせいで、陽キャらしくない自分の姿を目の当《ま》たりにして、苦しみ続けている。

その苦しみの根源を作ってしまったのは、他でもない俺なのだ。

そもそも俺は、最初から間違っていた。

陰キャに優しい陽キャになるだとか、陰キャ相手でも分け隔てなく接するだとか、その考え方がもう上から目線じゃないか。

容姿などを変えることで陽キャになれた気になって、高校生活のスタートダッシュを切れたからって俺は、無意識に陰キャを見下していたんだ。

それだけなら俺がただバカなだけで済んだが、このどうしようもない思想のせいで、ひとりの女の子を傷つけてしまった。

「くそっ……」

激しい自己嫌悪で、みぞおちの奥が熱くなる。無意識に握りしめていた拳《こぶし》を開くと、手のひらに爪《つめ》の跡がくっきりとついていた。

気が済むまで自分を殴ってやりたいところだが、それよりもまず遊々のためにできることをしなければ。どうすれば遊々の心を救済できるのか、俺は考えた。

ひとりの進路指導室。気づけば窓から夕日が差していた。

考えても考えても、気休めの言葉ばかりが頭に思い浮かぶ。

陽キャになんてならなくていい。遊々は遊々のままでいい。

違う、そんなどこからか借りてきたような言葉じゃダメだ。考えろ、考えろ。

「……ん？」

ふと、先ほどまで操作していたノートパソコンが再起動を始めた。まったく画面に意識が向いていなかったが、きっとアップデートの通知があったのだろう。

プレゼンのスライドを作っていた最中だったが、保存はしていない。遊々と話すのに夢中であまり進んでいなかったが、それでもゼロから作り直すのは面倒だ。

「――あ」

再起動するパソコン。白紙となったプレゼンのスライド。この進路指導室での記憶。

そして、先ほどの小森先生の言葉。

『せっかくクラス全員の前で発表するんですからね。こう、譲れない思想や哲学のようなものを演説してくれるかなと』

点と点が線になり――俺は、とても恐ろしいことを思いついてしまった。

「いやいや……」

思いついた瞬間、手足が震えた。それは武者震いでも自分に酔っているわけでもなく、ひたすらな恐怖。そんなことをしてはいけないと、本能が叫ぶ。

だがそれは間違いなく、破壊的なまでに強力な一手だ。

「…………」

より良い案はあるかもしれない。

もっと考えれば、あるいは時間が経てば、解決するかもしれない。

しかし俺は、気づけば職員室のドアを開いていた。

「おや上田くん。まだ作業していたのですか？」

呑気《のんき》にジャムパンなんかを食べていた小森先生だが、俺の顔を見るや、意味深に笑った。

「その顔をしてる上田くんを見るのは、これで二回目ですね」


週が明けて月曜日、その四時間目。

ロングホームルーム、プレゼンの時間がやってきた。

自分の好きなことや詳しいこと、みんなに伝えたいこと。なんでもいいから十分間、スライドを使って発表する、Ｂ組の週一のイベント。

当たり障りのない発表が三つ続いており、教室はどこか気怠《けだる》げな雰囲気。やけにスムーズに時は進み、それはまるで嵐《あらし》の前のように、嫌な落ち着きが感じられた。

「——はい、ありがとうございました。それでは最後に、上田くん」

小森先生に呼ばれ、俺は教壇に立つ。ノートパソコンを操作し、発表の準備をする。

チラリと遊々を見る。顔はどこか晴れず、目が合うと逃げるように逸らした。

しかし遊々よりも右方向に目を向けると、カエラも宇民も徒然も龍虎も、勇気付けるような強い瞳、優しい微笑みを俺に向ける。

大丈夫、大丈夫。俺は自分に言い聞かせる。

「それでは、発表を始めます」

スライドの一ページ目をモニターに表示する。

その瞬間、遊々は目を見開いた。

「俺は、陰キャと陽キャについて、プレゼンしようと思います」

＊＊＊

「シビれるテーマですね」

「ええ、小森先生のお望みどおりで」

金曜日、プレゼンのテーマ変更の報告をしたところ、小森先生は今まで見た中で一番の笑顔を見せる。結局この人の願った通りになってしまった。

「テーマはいいですが、具体的にはどのような内容を考えているのですか？」

プレゼン内容の草案を告げると、小森先生はまた初めての表情を見せた。

口をぽかんと開けている。そして大いに困惑する。

「い、いいのですか……？　そこまでしなくても……」

「いや、ここまでしなきゃいけないんです。先生には申し訳ないですが、プレゼン授業のためでなく……ひとりの友達のために」

そこまで言うと小森先生は、これ以上は野暮《やぼ》か、といった表情で頷いた。

「ただその作業、ひとりで行うのは難しいのでは？」

「大丈夫です。頼りになる友達に手伝ってもらいますから！」


翌日の土曜、俺の家にはカエラ・宇民・徒然・龍虎が集まっていた。

徒然と龍虎は元からプレゼン資料作りの手伝いのために呼んでいた。料理プレゼンからは大きく変わってしまったが。

カエラと宇民も、遊々のためだと言うと深くは聞かずに来てくれた。

そうして遊々以外のいつメンが集結したところで、俺はプレゼンの内容について説明した。

その反応は様々だが、おおよそは驚きが先行しているようだ。

「あ、あんた……本気？」

「い、いいの？　そんなことしたら橋汰くん……」

宇民と龍虎が一番混乱していた。驚きと心配が表情に色濃く映っている。

「いひひ、すげーこと考えるねキョータ。そんなの見せたら、ゆゆゆビックリするだろうね」

カエラは心から楽しそうな顔をしていた。その笑顔が強く、俺の背中を押してくれる。

そして徒然はというと。

「……ん？　じゃあ味見はしないのか？」

よく分かっていなかった。いいよ、お前はそれで。

作業を開始すると、カエラたちはみんな労を惜しまず指示通り動いてくれた。

ただそれは俺のためではない。

遊々をもう一度、えへえへと笑わせるためだ。

＊＊＊

陽キャと陰キャについてのプレゼン。

そのテーマを発表した瞬間、クラスで驚いていたのは遊々だけだった。

他のクラスメイトたちは「アレってそういうことか」「だと思ったわー」など納得したような反応。それにも遊々は首を傾げている。

その答え合わせは後ほど。まずは前置きだ。

「最初に、知っている人が多数だとは思いますが、陽キャと陰キャとは何か説明します」

昨日、宇民大先生を中心とした厳しい発表練習を経験した俺に死角はない。緊張はもちろんしているし、足も震えているが、言葉はスムーズに喉から出ていた。

「まず陽キャとは陽気なキャラクターの略で、明るくて社交的な人のことを指します。対して陰キャとはその逆、陰気なキャラクターの略で、暗くて内向的な人のことを指します」

読みやすいフォントと目に優しい色で構成されたスライドも、宇民大先生の監修のもと完璧《かんぺき》に近い状態に仕上がった。本当にありがたい。

ここでつたないスピーチやスライドを晒《さら》せば、説得力に欠けてしまう。そういった隙も一切《いっさい》見せず、まっすぐに届けたいのだ。

俺の思いを、遊々の心へ。

遊々は俺のプレゼンを、複雑な表情で見つめていた。

陰キャや陽キャといった言葉すら、今の遊々には毒になってしまう。でもこれが自分に関係ないことではないと感じてか、一切目を背《そむ》けず聞いてくれていた。

陰キャ陽キャの解説はそこそこに抑え、俺はテンポよく次のフェーズへ移行する。

「今回俺は、陰キャと陽キャという言葉をより深く解釈するために、こんなアンケートをとってみました。題して、果たして上田橋汰は陽キャか」

ここでクラスがほんわかとした笑い声に包まれる。

「皆さんお察しの通り、昨日一昨日のラインはこのアンケートだったのです。俺のことをよく知っている仲間内以外のクラスメイト全員に、個別でこれを送りました」

スライドに映ったのは『俺って陽キャだと思う?』とメッセージが書かれたチャット画面。

クラスメイトにとってはこの謎質問の真相が、今ここで明らかになったわけだ。

ただ、アンケートの協力者はそれだけではない。

「クラスメイトだけを母集団とすると偏りが生じるため、その他の方々にも協力してもらいました。他のクラスの人やご近所さん、よく行くコンビニや本屋などの店員さんなど、知り合いからちょっと顔を覚えている程度の人まで、様々な方に聞いてみました」

　それにはクラスメイトたちも「えぇーっ」「マジかよ」「なんだその行動力……」など感嘆の声が漏《も》れる。若干引いている節もあった。

「さらにさらに、友達の多いカエラと徒然にも協力を依頼。俺の写真や動画を友達に見せて、『こいつ陽キャに見える？』と聞いてもらいました」

　そのタイミングでカエラと徒然は立ち上がって「いやーどうもどうも」と自己アピールし、教室の笑いを誘う。全体的に、俺のプレゼンを受け入れる空気ができてきた。

「それらを合わせ、百人からアンケートをとることに成功しました。皆さんご協力ありがとうございます。それでは早速アンケート結果を発表します。こちらです」

　次のスライドでドカンと円グラフを表示。「おおっ」とクラスが妙に沸いた。

「実に九割ほどの方が、上田橋汰は陽キャだと答えました。しかもこのＢ組に関しては、全員が陽キャと回答。本当に皆さんありがとうございます。感無量です」

　教室内から謎に起こる祝福の拍手。遊々もそれにつられて拍手し、笑みを見せている。

　しかしそれは、自虐的なニュアンスも孕《はら》んでいるように感じられた。

「ここから、アンケートに答えてくれた方のコメントを一部紹介していきます。まず陽キャと回答した人たち。『見た目が陽キャ』『コミュ力が高いから』『誰とでも仲良くなるから』など。とあるゲーム買取店の男性店員さんは『もうどこからどう見ても陽キャにしか見えねぇな』と嬉しいコメントを残してくれました」

俺にとっての神様のコメントに、勘の良いクラスメイト数人は首を傾げていた。

あの日、大量のギャルゲーを買い取ってくれたおじさん。俺は立派な陽キャになれました。

「次に陰キャと回答した人たち。お隣A組のとある女子は『陰キャの匂いがする。無理してる感がある』とコメント」

正確にはアンケートとして聞いたわけではないが、先日の西島の意見も採用した。陰キャ側の一票は、西島本人の預かり知らぬところで勝手にカウントしておいた。

「それと、よく行くコンタクトレンズ屋の女性店員さんも陰キャと回答。その理由は『陰キャ陽キャって気にしてる時点で陰キャよ』とこれまた手厳しい意見をくれました」

もうひとりの神様のコメントには、クラスから笑いが漏れる。

相変わらず気さくでズバッと言ってくれるお姉さんで安心した。でももうちょっと、努力を認めてくれても良いじゃないですか。

さあ、お膳立ては十分。ここからが本当の勝負だ。

足が震えている。最初よりもずっと。

もう人前に立つことへの緊張はないが、それ以上の、あまりにも巨大な不安が胸の中で渦を巻いている。正直、吐けと言われれば吐ける。

それでも、カエラや宇民、龍虎に徒然。俺を見つめる彼らは強く何度も頷く。カエラが口の動きで小さく「がんばれ」と伝えてくる。

そして、遊々を見る。

ここまでずっと、クラスでただひとり、置いてきぼりのような感覚を味わっているだろう。もう考えたくもない、陽キャ陰キャについて止めどなく発表されて、耳を塞《ふさ》ぎたい気持ちなのだろう。表情には薄暗さが滲んでいる。

ごめんな遊々、傷に触れるようなことをして。聞きたくないことを聞かせて本当にごめん。

このプレゼンだけじゃない。ずっとずっと、俺は遊々に間違ったことをしてきた。偏った価値観を植えつけて、苦しめてしまった。きっと癒《い》えることのない傷を負わせてしまった。

でも、ここからなんだ。俺が本当に伝えたいことは。

これが、大切な友達のためにできる——ただひとつの贖罪《しょくざい》だから。

「……さて、このアンケート結果を踏まえて、皆さんに見てもらいたいものがあります」

悲しみに暮れる遊々の顔を見て、ぶちかませと勇気つけるカエラたちの顔を見て、俺は覚悟を決めた。足は震えたままだが、魂はもう揺れない。

俺は、この安寧《あんねい》とした世界を変える、あまりにも重いエンターキーを押した。

表示された一枚のスライド。並べられた数枚の写真。

「——えっ!」

真っ先に反応したのは遊々だ。大人しい彼女が、誰よりも早く声を上げて驚く。

教室には大きなハテナが浮かぶ。「え、誰?」「何の写真?」など怪訝《けげん》な声が聞こえる。

写真に写る少年。もっさりした髪、分厚い黒縁メガネ、世界を憎んでいそうな暗い瞳。

俺にとっての特大の黒歴史——卒業アルバムが今再び、紐解《ひもと》かれた。

「これは、中学時代の俺の写真です」

＊＊＊

土曜日、カエラたちが集合してからおよそ三時間後のこと。

「ただいまー。はー疲れた」

「た、大変だったね……」

俺と龍虎は帰宅し、作戦本部である俺の部屋の扉を開く。宇民は一瞬顔を上げて俺たちの顔を確認すると、手をひらひらとさせながら作業を続けた。

「はいおかえりー。良いデータは取れた?」

「ああ。ほとんどは陽キャって答えてくれたよ。まったく俺って奴は大した陽キャだな」

「バカなこと言ってないで、とっととデータを入力しなさい。ほら」

宇民は呆《あき》れ顔で俺にノートパソコンを渡す。表示されているのは表計算ソフトだ。

宇民にはアンケート集計やスライドのフォーマット作成などを手伝ってもらっていた。

本来は俺ひとりでやるべきだが、慣れていない俺では土日を使っても完成しないと判断し、それらが得意な宇民に頭を下げてやってもらっている。

遊々のためだからと言いながらも宇民は「この借り、どうやって返してもらおうかなぁ」と愉快そうな顔をしていた。怖い人に貸しを作ってしまった。

俺と龍虎はアンケートを取るため、ご近所さんやよく行くコンビニや本屋さんなどのお店を回り、調査をしていた。気づけば三時間も歩き回っていた。

「悪いな龍虎、こんなしんどいことに付き合わせて」

「だ、大丈夫だよ。店の人たちの反応見るの、けっこう楽しかったし」

なぜ龍虎も連れて行ったかと言うと、シンプルに心細かったからだ。

それに俺ひとりで「俺って陽キャに見えますか?」なんて尋ねれば、ヤバい奴だとみなされ通報されかねない。だが制服姿のふたりが授業に関わる調査だと丁寧に説明をしたらどうか。

「だから龍虎くんだけ制服で呼び出したわけね。てっきりあんたの趣味かと」

「んなわけないだろ。制服姿の男女なら怪しく見えないだろ?」

「趣味……?」

「男女……?」

「まあね」

「まあね……?」

俺と宇民の間で、龍虎はなぜかうろたえていた。龍虎は可愛いなぁ。

「それにしても、顔見知りとはいえよく他人にアンケートなんてお願いできたわね」

「あぁ……人生イチ精神が削れた時間だった。皆さん快く協力してくれたのが救いだったよ」

さらに、実は龍虎はずっと、俺に勇気を与えてくれていた。

店員さんなどに話しかける前、ナーバスになっている俺はその度、龍虎にありがたい言葉を求めた。龍虎は困惑しながらも、俺が指示した通りの台詞《せりふ》を耳元で言ってくれたのだ。

『ざーこざーこ橋汰くんのざーこ♪』

『こんなことで緊張するなんて、やっぱクソ陰キャなんだね～♪』

『もっと僕に見せてよ、橋汰くんの恥ずかしい姿を♪』

やはりメスガキ男の娘は偉大だ。こんなにも勇気をくれたのだから。いつか絶対にコイツを分からせてやるという強い意志を持てた。お礼にちゃんと分からせないとな。

「ん？　これはラブコメの匂い……いや、メスガキ分からせの匂いだ！」

ヤバい、メスガキ分からせ警察だ！　逃げろ！

「はいはーい。ごめんちー急に変なこと聞いちゃって。そういやこの前こっちに可愛いカフェができてさー。そうそう、だから今度一緒に行こー。んじゃー」

電話を終えたカエラは俺と龍虎を見つけ、「おかえりーん」と笑顔を見せた。徒然もまた電話を終えたようで、宇民に通話の内容を報告する。

「俺のダチ、みんな同じ反応だわ。急になんだよって」

「そりゃそうだよなぁ。急に知らない男の写真見せて『陽キャと陰キャ、どっちだと思う?』なんて聞くとか。何事かと思うわな」

「アタシは今までSNSにキョータと一緒の写真とかアゲてきたし、スムーズに聞けてるよ。アタシのアカ知ってる友達はみんなキョータの顔知ってるっぽい」

カエラと徒然は宇民と共に部屋に残って、電話やラインなどでアンケートを行っていた。今回のアンケート対象者百人のうち、実にほぼ半数はカエラと徒然の友達票なのである。本当にありがたい。

「まーゆゆゆのためだからねん」

「俺はまだ、なんでこれが遊々のためになるのか、全然分かんねえんだけど」

「全部終わったら説明してやるよ」

「まぁ橋汰が言うならそうなんだろうな。あれでもダチだ。やってやるよ」

すべては遊々のため。この部屋の全員の意識は共通していた。

「でもまさか上田が、この写真を晒すとはね……」

宇民がノートパソコンの画面に映したのは、中学の卒業アルバムの写真。俺らが外回りしている間にスキャンしトリミングしてくれたらしい。

いまだに直視できない。いきなり見せられると心臓がキュッとなる。恐ろしい写真だ。

宇民と龍虎も、もう笑っているだけではいられないようだ。

「この勘違い陰キャな中坊上田の写真……スキャンしてる時はそりゃもう爆笑に次ぐ爆笑だったけど……落ち着いて考えると、相当ヤバいこと考えてるわよ、あんた」

「そ、そうだよね……これをクラス全員の前で公開するなんて、想像するだけでゾッとする」

「こんな写真見たら、共感性羞恥《しゅうち》でクラスの何人か体調不良を起こしそうよね」

俺の卒アル写真は呪《のろ》いのアイテムか何かなのか。

「へへ、良いじゃねえか……共感性羞恥でクラス全員ぶっ殺してやるよ……」

「も、目的が変わってない……？」

「もはやテロリストじゃない」

おそらくだが、共感性羞恥で人は殺せる。それを証明してやる。

「で、でも……そこまでやったら七草さんも、絶対に前を向くよ。僕がそうだったんだから」

龍虎は珍しく力強い声で俺を励ます。

この黒歴史を晒すことで人を改心させたのは、これで二度目だ。

ただ同じ写真を晒すでも、龍虎の時とは規模がまるで違う。ひとりにこっそり見せるのと、クラス全員の前で晒すのでは俺へのダメージは段違いだ。

あるいはこのプレゼン以降、俺のクラスでの立ち位置は変わるかもしれない。いや、間違いなく変わるだろう。もう大手を振って陽キャとして振る舞うことはできなくなる。

でも、それほどの覚悟で臨むからこそ、遊々の心を救う強烈な一撃になるはずだ。

「だ、大丈夫。何があっても僕らがいるよ……」

「え、何かあるのか？　橋汰このプレゼンで死ぬのか？」

「本当に死ぬかもね、社会的に。まぁ骨は拾ってやるわよ」

思い思いの言葉をぶつけてくる、龍虎と徒然と宇民。

そして最後に、細く白い腕がぐんっと俺の肩を抱き寄せる。

カエラは鼻がぶつかりそうな距離で、満面の笑顔を浮かべた。

「キョータにはアタシらがついてっからさ！　よけーなこと気にしないで、ゆゆゆの心にぶちかましちゃってよ！　キョータの陰キャ陽キャに対する答えをさ！」

「……ああ、まかせろ」

この写真の頃の俺に、教えてやりたい。

今の俺には、こんなに心強い仲間ができたのだと。

＊＊＊

「はいこれが修学旅行の旅館での写真ですね。一番端で孤独のグルメしてるのが俺です。はいこっちが運動会。これは文化祭で、これは水泳大会です」

次から次に、大画面へ映される俺の中学時代の写真。どこからどう見ても陰キャな俺。怒涛の黒歴史バズーカに、クラスメイトたちは息を呑《の》むような表情。「ウソでしょ……」「マジかよ……」など動揺する声も漏れる。ポッポッと見える顔色が悪い諸君は、しっかり共感性羞恥をくらっているのかな。

ただ、だからと言って沈黙に包まれているわけではない。

「ぎゃはははははは！」

「あはははははははは！」

涙を流すほど爆笑しているのは徒然と宇民である。さらに龍虎も口を押さえて震えている。

「あーヤバい！　何度見ても笑える！　あの髪型っ……ぎゃははは！」

「だ、大画面に映った時の破壊力っ……ひーーーお腹痛いーーーーーっ！」

「ぶっ……ゲホッゲホッ……っ！」

よし。徒然と宇民と龍虎、あとで絶対に殴る。

カエラの顔も確認しようとしたが、彼女はこちらに横顔を向けていた。彼女はふたつ隣の、遊々の表情を確認していたのだ。

遊々は、この教室の誰よりも驚いていた。宇民たちと同じように、一度この写真を見ているにもかかわらず。

当然だ。遊々だけは、俺が陰キャであったことに驚いているのではない。

このたった数枚の写真で、入学してから積み上げてきた陽キャとしてのすべてを、自ら崩壊させた。その事実に驚愕《きょうがく》しているのだ。

俺だって、自分がこんなことをするなんて、今でも信じられない。

なぜなら――。

『つーか上田だっけ？　アンタもさー、もしかして陰キャなんじゃね？』

『ッ！』

俺は今だって、また人から白い目で見られるのが、怖くてたまらないからだ。

もうあの頃には戻りたくない。幽霊のような存在だった、誰からも愛されなかった、孤独な時間を思い出しただけで、胃がひっくり返りそうになる。

でも、大丈夫。何度だって言う。

俺が陰キャでも陽キャでも関係ないと、そう言って寄り添ってくれる仲間がいるのだ。

だから俺は、思いを言葉にする。

すべては、自意識の檻《おり》の中で苦しんでいる、ひとりの女の子を救うために。

「この写真を皆さんに見せた理由。それは、皆さんが陽キャだと思ってくれていた俺は、中学時代はバリバリの陰キャで、そして今でも精神的には陰キャであると伝えたかったからです」

コンタクトレンズ屋のお姉さんの言った通りだ。陰キャだ陽キャだ気にしてウダウダ考えている時点で、自分は陰キャだと名乗っているようなものじゃないか。

「でもだからって、お前ら騙《だま》されたなとか、そういうことを言いたいんじゃなくて……結局は陰キャか陽キャかなんて外見や態度では分かりっこなくて、なんなら自分でもよく分かってなかったりして……つまり陰キャ陽キャなんてその程度の、不具合だらけのカテゴライズなんですよ。それをこのプレゼンで、伝えたかったんです」

写真のショックのせいか、教室は静まり返っている。

ゆえに俺の声は、遥か先まで届くように、響き渡る。

「と、そう考えたら陰キャ陽キャなんてカテゴライズはいらないって、そう考えるのが自然ですよね。実際、必要か不必要かで言えば、不必要だとは思います」

うんうんと、カエラが力強く頷いている。

「ただそれを踏まえた上で、陰キャ陽キャをひとつの個性と捉えるのはどうでしょう」

ただ、俺の考えはやっぱり、少しだけ違うんだ。

「陰キャっぽく振る舞った方が楽だからとか、そういう風に陰キャな自分を認めるのもアリ。やっぱり陽キャな生活に憧《あこが》れるからそれを追い求めるというのもアリ。あるいは陽キャっぽい恰好をするのが好きだけど趣味は陰キャ寄りだから、自分は両方を兼ね備えていると考えるのもアリ。そうやってカテゴライズを自分なりに再構築して、個性として昇華するのも楽しいんじゃないか。今回いろいろ調べて、俺はそう思いました。だから俺は、陽キャに憧れて情けなくもがいて生まれた今の俺を、誇りに思っています」

そして、一番伝えたいこと。俺は遊々の目を見つめながら、告げた。

「逆に、一番よくないのは——カテゴライズに迎合すること」

遊々もまっすぐに、俺の瞳を見つめている。

その顔は、少しずつ歪《ゆが》んでいく。目には涙が溜まっていく。

「自分は陰キャだから、目立たないようにしなきゃいけない。自分は陽キャだから、いつでも明るくしていなきゃいけない。そうやってカテゴライズの檻に囚われて、こうしたいよりも、こうしなきゃいけないを先行させてしまうのは、とても悲しいことだと俺は思います」

ここで、プレゼン終了の目安となるブザーが鳴った。

もう伝えたいことはすべて伝えた。宇民大先生による練習のおかげでタイムマネジメントも完璧。これ以上ないプレゼンができた。

「と、思いのほか熱く語ってしまいましたが、結局何が言いたいかと言うと」

そうして俺は、最後にこう締めた。

「陽キャっぽく取り繕ったマインド陰キャなこの俺を、これからもどうぞよろしくってこと！以上です、ありがとうございました！」

やけくそのような口調で言い放ち、深すぎるほどに頭を下げる俺。

すると、幾重にも重なった拍手が、分厚い音となって俺の身体にぶつかってきた。

恥ずかしくてクラスメイトの顔はあまり見えないが、チラ見したところ、とりあえず何人かの笑顔は見られた。

拍手の中、席に戻っていく。隣の席の遊々はというと。

「っ……っ……」

両手で顔を覆《おお》い、小刻みに震えていた。

どうやら、ちゃんと届いたらしい。

「自由に生きようや、遊々」

そう語りかけると、遊々は何度も頷いていた。

＊＊＊

ロングホームルームが終わり、昼休み。

特大の緊張感から解放された俺は、昼食を食べる気にならず。遊々も同じらしく、俺たちは校舎内の自販機コーナーでふたり、缶ジュースを飲んで窓の外なんて眺めていた。

そこへ、クラスメイトの男子ふたりが通りかかる。

「おー上田、さっきのプレゼンよかったぞ！」

「おまえみたいな陰キャはいいねえよ！　なんだあの行動力！」

「マジ？　じゃあやっぱ俺って陽キャなんかな？」

軽いやりとりを、遊々は横目で眺めている。

男子ふたりが去っていくと、遊々はモゴモゴと尋ねる。

「きょ、橋汰くん……」

「ん？」

「なんであんなことしたの……」

「遊々がえへへへしないから」

「……うぅぅ」

遊々はまた目に涙を滲ませ、口を震わせていた。

「まー良いんだ、そろそろ陽キャスタンスも窮屈だったし。ずいぶん心が軽くなった」

そこで改めて俺は、剝《む》き出しになった遊々の心のトゲを、丁寧に抜いていく。

「遊々、おまえの笑い方は可愛いよ。表情とか口調も全然イヤじゃない。おまえが思っている以上に、おまえはちゃんと魅力的だよ」

「あ、ありがとう……」

「まぁ、陽キャかって言われると、微妙だけどな」

「うぅぅー！」

遊々は俺の肩をポカポカと叩《たた》く。あまりにも弱々しい。笑ってしまうほどに。

「でも俺だって、陽キャっぽく取り繕っただけのマインド陰キャだからさ。陰キャは陰キャだよ。ただこれが、一番無理してない自由な俺なんだ」

陰キャ陽キャうんぬん以前に、俺は自由でいたいんだ。

「私は……なんだろう……」

「それはこれから見つけよう。分からなくなったら一緒に考えるからさ」

「う、うん、ありがとう……えへへえへ」

「お、久々に出たな、えへえへ」

遊々はまた恥ずかしそうに、俺の肩をぽこっと叩くのだった。

「あれあれー？ そのピンク髪は七草ちゃーん？」

うわ、嫌な奴がきた。

俺たちの背中に不躾《ぶしつけ》な声をかけてきた、A組の西島。またもビーフジャーキーをかじりながら出現。遊々はその声を聞いた瞬間、ビクッと震えた。

「あらら、そっちはなんてったっけ。上原くん？」

「ああ、もうそれで良いよ」

「陰キャが頑張っちゃってるコンビじゃん。やっぱ相性イイ感じ？ 陰キャカップル成立？」

もはや俺や遊々を見かけるたびに煽る気満々なのだろう。西島は薄ら笑いを浮かべて中身のないことをベラベラしゃべる。

「相手にしなくていいぞ遊々」

「カ、カップル……えへ」

　喜んでんじゃねえよ。

「てか七草、あんたまだピンク髪なわけー？　言ってやったじゃん、無理してる感が痛いからやめなって。何ならアタシが染め直してやろーか。おっさんの白髪染めとかで。キャハハー」

　西島は遊々の髪を雑に触り、相も変わらず失礼な物言い。

　遊々はされるがまま、言われるがまま震えている――だけかと思いきや。

「う、ううぅ！」

　その手を振り解いて、真正面から西島をキッと睨む。

　その反応は予想外だったのだろう。西島は虚を突かれたような顔をした。

「に、西島さんにはそう見えるかもだけど……これが可愛いって言ってくれる人もいるし！」

　遊々は震えながら、多少どもりながらではあるが、確かに西島へ反抗した。少なくとも俺にとっては初めて見る、遊々の凛々《りり》しい姿だ。

　西島にとってもそうなのか、一瞬言葉に詰まっていた。しかしすぐに凄む。

「……は？」

「ひんっ……それじゃ！」

　遊々は最後には西島と目を合わせず、俺を置いてそそくさと去っていった。

　まだまだ劣等感の存在は否めないが、ハッキリと大きな成長が見られた。それだけで俺は心がスッとした。でも俺を置いていくことなくない？

「……チッ」

西島は遊々の背中を睨み、舌打ち。そして乱暴に自販機のボタンを押して缶ジュースを購入していた。思いのほか効いているようだ。

「……別に、どうでもいいんだけどさ」

「は？　何？」

「なんでそこまで、遊々に絡むんだよ」

西島は可愛い。女性としては十二分の容姿を持っている。A組の中ではそれなりに高い地位にいるらしい。そんな彼女がなぜ、遊々にことごとく絡んでいるのか。

単なる戯《たわむ》れにしては、あまりにもしつこい。何か別の感情があるのではないか。

西島はわずかな沈黙ののち、下衆な笑みを浮かべる。

「意味なんてねーよ。陰キャのくせに幸せそうなのがムカつくだけ」

そう吐き捨てて、西島も去っていった。

「…………」

残された俺の心には、不思議と怒りはなかった。

この数日、陽キャや陰キャを軸として人の心について深く考え続けてきたせいか、今の西島の最低なセリフが、俺にはこう聞こえた。

『陰キャのくせに、アタシよりも幸せそうなのがムカつく』

陰キャにもいろいろ、陽キャにもいろいろ。

俺たちみたいな世間知らずのガキは、時に醜くて、どうしようもなく愚かだ。

でもその心の内は、思ったよりも単純なのかもしれない。


教室に戻ると、途端に一部生徒からブーイングを浴びせられる。

「おい橋汰おせーぞ！　いつまで待たせんだ！」

「ねー早くいただきますしよー！　もーお腹ペコちだよキョータ！」

「え？　いやいや先食ってりゃいいじゃん」

「待たせといてそんな言い草ある？　もうほんと普通に殺すわよ」

イキリがシンプルになっている。流石のイキリオタクも腹が減ると語彙力を失うらしい。

「遊々、おまえも置いてくなよ」

「えへへ、逃げちゃった……」

「そう言うわりには愉快そうだな。まぁ良く言ったたった」

「言ったった……えへへ」

西島に啖呵《たんか》を切ってまだ怯えているかと思ったが、意外と遊々の表情は晴々としていた。

「なんでもいいから！　いただきますしょー！」

「はいはい。と、その前に龍虎」

「な、何、橋汰くん？」

「みんなを待たせた俺に、メスガキをいっちょ」

「ぷぷ、橋汰くんってほんとダメ人間〜♪　僕にこんなこと言われて恥ずかしくないの〜♪」

「あぁ、良い」

食前メスガキ男の娘とはオツなものだ。絶対コイツ、食後に分からせよう。

「コォオオオオオ！」

「ふしゅぅぅぅぅ！」

「なんだこの音は！　ガス漏れか！」

「キョータキョータキョータ！　おーなーかーしゅーいーたーーーーっ！」

「はいはい。それじゃ、いただきます」

いただきまーすと、五人の声が重なり、賑やかな昼食が始まった。

ふと、教室の窓から空を見上げる。高く、青く、世界はどこまでも続いている。

「きょ、橋汰くん、何見てるの？」

「んー、夏が来るなーと」

「えへへへ、夏が来る……」

夏を予感させる青空を見て、仲間の騒がしい声を聞いて、ふわりと浮かんだ言葉。

あぁこれが、自由なんだな。

陽キャになった俺の青春「至上主義」

あとがき

持崎湯葉です。

この度、第十四回ＧＡ文庫大賞にて金賞を受賞しました。この賞に恥じぬ作品を今後も生み出していければと思うので、どうかよろしくお願いします。

さて、物語を書くにおける序盤の悩みどころであり、ある意味で醍醐味と言える作業として『キャラクターの名付け』があります。

我が子のように慎重に決める作者もいれば、さくっとテキトーに決める作者もいるようで。

そこで今回は、本作のキャラの名前が決定するまでの過程を明かしていこうかと思います。
○上田橋汰
トータル五分くらいで考えました。みんなの橋渡し役に、というイメージが由来です。苗字は、どこにでもいるありふれたものの方がらしいかなと。全国の上田さん、すみません。
○七草遊々
もしかしたらすでに勘づいている方がいるかもしれませんが、「七草がゆ」から取りました。特に関連性はないです。ピンク髪なのでおめでたい感じの名前がいいなぁ、と思いまして。
○青前夏絵良
大賞投稿時は「青前蓮」という名の、爽やかスポーツ少女でした。改稿によりギャル化したことでキラキラネームになりました。「青前」という苗字は結構お気に入りちゃんです。
○宇民水乃
　遊々が「うたみ〜ん」と呼んでいる光景が、ふと頭に浮かんだのがきっかけです。ニックネームが先行して名前が後付けで決定するという、ちょっと珍しいパターンですね。
○三井龍虎
　一番悩みました。結果として、書きは男らしく、読みは女の子にも聞こえる名前にしようかと。名前で悩みまくった分、苗字は五秒で考えました。全国の三井さん、すみません。
○小笠原徒然
　主人公の名前にしようかと迷ったくらい気に入ってます。徒然の意味は「退屈」「単調」「物思いにふける」とのことです。全然キャラと合ってねえな、というギャップが逆にいいかと。

　ここで謝辞を述べます。まずイラストを描いてくださいました、にゅむさま。多くのキャラを、それぞれの個性を際立てて表現していただきました。誠にありがとうございます。
　編集部ならびに担当編集さまもありがとうございました。今後ともよろしくお願いします。
　最後にここまで読んでくださいました読者のみなさま、ありがとうございました。

持崎湯葉

ファンレター、作品の
ご感想をお待ちしています

〈あて先〉

〒106－0032
東京都港区六本木2－4－5
SB クリエイティブ（株）
GA文庫編集部 気付

「持崎湯葉先生」係
「にゅむ先生」係

本書に関するご意見・ご感想は
右の QR コードよりお寄せください。

※アクセスの際や登録時に発生する通信費等はご負担ください。

https://ga.sbcr.jp/